Wolfgang Hohlbein

Die vergessene Insel

Ueberreuter

Die Deutsche Bibliothek – CIP-Einheitsaufnahme

Hohlbein, Wolfgang:
Die Vergessene Insel / Wolfgang Hohlbein. – Wien : Ueberreuter, 2001
(Reihe: Operation Nautilus)
ISBN 3-8000-2820-4

J 2501/1

Umschlagbild © Agentur Holl – Bernhard Faust
Umschlaggestaltung von Zembsch' Werkstatt, München

Druck: Ueberreuter Print
1 3 5 7 6 4 2

Ueberreuter im Internet: www.ueberreuter.de
Wolfgang Hohlbein bei Ueberreuter im Internet: www.hohlbein.com

Dieser Band erschien in veränderter Ausstattung bereits 1993
im Verlag Carl Ueberreuter

OPERATION
Nautilus

Es hatte in diesem Jahr früh zu schneien begonnen. Schon vor zehn Tagen waren die ersten weißen Flocken lautlos vom Himmel gefallen und jetzt, einige Tage vor Weihnachten und zwei Tage vor dem Beginn der Ferien, hatten sich die Wiesen, der nahe gelegene Wald und die ineinander geschachtelten Gebäude des altehrwürdigen Internats in eine weiße Zuckerbäckerlandschaft verwandelt, über die ein eisiger Wind fegte. Der kleine See, der zu den Ländereien von Andara-House gehörte und in dem die Schüler im Sommer schwammen, war zugefroren. Bald würde die Eisdecke fest genug sein, um Schlittschuh darauf zu laufen. Nachts rüttelte der Sturm an den Fenstern, brach sich heulend an Erkern und Simsen und klapperte mit den Fensterläden und selbst tagsüber blieb der Himmel meistens grau; es schien gar nicht mehr richtig hell zu werden.

Mike stand am Fenster seines Zimmers und blickte hinaus. Die trübe Stimmung dort draußen passte zu seiner eigenen. Er fühlte sich niedergeschlagen, einsam und so zornig wie der Wind, der zwar seit einiger Zeit innegehalten hatte, zweifellos aber mit dem Hereinbrechen der Dämmerung wieder zu einem neuen Angriff auf die zweihundert Jahre alten Mauern des ehemaligen Schlosses ansetzen würde, das die vornehme Privatschule beherbergte.

Durch das geschlossene Fenster drangen Lärm und lautes Gelächter herein. Mike presste die Nase gegen das kalte Glas und sah nach unten. Die Atempause, die der Sturm einlegte, hatte einige der anderen Schüler auf den Hof gelockt. Sie tollten herum, bewarfen sich mit Schneebällen und waren von einer selten ausgelassenen Stimmung. Mike versetzte der Anblick seiner im Schnee herumspringenden Mitschüler einen schmerzhaften Stich.

Mit einem tiefen Seufzer wandte er sich vom Fenster ab und ließ seinen Blick durch das große Zimmer schweifen, das er mit zwei anderen Internatszöglingen teilte und das in den letzten sechs Jahren sein Zuhause gewesen war. Der Raum war groß und hell, in freundlichen Farben gehalten und mit allem ausgestattet, was ein sechzehnjähriger Junge braucht, um sich wohl zu fühlen: Außer dem gemeinsamen Kleiderschrank, den Betten und dem großen, ebenfalls gemeinsam genutzten Schreibtisch hatte jeder noch einen nur für seine privaten Dinge bestimmten Schrank, für den nicht einmal die Lehrer einen Schlüssel hatten. Über jedem Bett hing ein offenes Regal für Bücher, Spielzeug und andere Dinge.

Nach ein paar Augenblicken wandte sich Mike vom Fenster ab und ging zum Schreibtisch. Sein Blick blieb für eine Sekunde an dem Kalender hängen, der darüber an der Wand angebracht war. Er zeigte den neunzehnten Dezember neunzehnhundertdreizehn – den heutigen Tag – und jemand hatte das Datum rot eingekreist.

Niedergeschlagen setzte sich Mike an den Schreibtisch und nahm den Brief zur Hand, den er gestern Morgen bekommen hatte. Er hatte ihn seither mindestens zwanzigmal gelesen, fast als glaube er, ihn nur oft genug studieren zu müssen, um seinen Inhalt ungültig zu machen.

McIntire hatte ihm den Brief ausgehändigt, und obwohl es unter den Zöglingen von Andara-House als sicher galt, dass der Direktor des Internats Kinder als seine natürlichen Feinde betrachtete, hatte er echtes Mitleid gezeigt. Und so hatte Mike den schmalen weißen Umschlag mit einem flauen Gefühl im Magen geöffnet, das sich nur zu sehr bestätigte.

Um es kurz zu machen: Mike würde die Weihnachtsferien und auch den Silvesterabend dieses Jahres auf Andara-House verbringen, statt zu seinem Vormund nach Indien zu reisen, wie er es in den letzten sechs Jahren immer in den Ferien getan hatte. In dem Brief hatte auch eine wortreiche und umständliche Erklärung für diese bedauerlichen Umstände gestanden – irgendetwas von politischen Wirren und einer unguten Entwicklung im Lande, die es für ihn nicht ratsam erscheinen ließe, in seine Heimat zurückzukehren; zumindest nicht im Moment.

Wie immer, wenn er in Gedanken versunken war, spielten Mikes Finger unbewusst mit dem durchbrochenen Goldamulett, das er an einer dünnen Kette um den Hals trug – das einzige persönliche Andenken an seinen Vater, das er besaß. Nicht ratsam! Mike hätte vor lauter Enttäuschung und Zorn am liebsten laut losgeheult. Was interessierten ihn politische Wirren und eine allgemeine ungute Entwicklung der Dinge?! Er wollte über die Feiertage nach Hause, wie es alle anderen Schüler hier durften, und er konnte und wollte auch nicht einsehen, was ein sechzehnjähriger Junge mit politischen Wirren zu schaffen hatte!

Wäre sein Vater noch am Leben gewesen oder irgendein anderer Verwandter, der vielleicht eine wichtige Rolle in Politik und Wirtschaft seines Landes spielte, ja, dann hätte er das vielleicht verstanden. Aber so...

Mike war ein Waisenkind. Seine Eltern waren bei einem Unfall ums Leben gekommen, als Mike noch nicht einmal zwei Jahre alt war. Sein Vater war Inder und als hoher Beamter im britischen Dienst tätig gewesen. Er hatte seine Frau, eine mittellose Engländerin, auf einem Wohltätigkeitsfest kennen gelernt und sich auf der Stelle in sie verliebt.

Nach dem Tod seiner Eltern lebte Mike bei seinem Vormund, einem Bekannten seines Vaters, bis er alt genug war, um – wie es testamentarisch festgelegt war – nach Europa zu gehen und dort eine gute Schulausbildung zu beginnen. Mike wusste, dass sein Vater ihm ein ansehnliches Vermögen und ein kleines Gut hinterlassen hatte, das er aber nicht kannte. Sooft er seinen Vormund bat, doch mit ihm einmal dorthin zu fahren, winkte dieser ab. Die Reise sei zu weit und zu strapaziös, an seinem einundzwanzigsten Geburtstag gehe alles in Mikes Besitz über und dann könne er auch dort leben, wenn er wolle.

Obwohl er von Geburt aus Inder war, fühlte sich Mike diesem Volk nicht zugehörig. Außerdem sah er nicht einmal wie ein Inder aus. Seine Haut war vielleicht ein wenig dunkler als die eines Europäers, sein Haar tiefschwarz und sein Wuchs sehr schlank, dabei aber durchaus kräftig, doch man hätte schon sehr genau hinsehen müssen, um einen Unterschied zu irgendeinem der anderen Schüler von Andara-House zu entdecken. Sein Vormund hatte ihm einmal gesagt, dass er wohl mehr nach der

Familie seiner Mutter schlage und ihr im Übrigen wie aus dem Gesicht geschnitten sei.

Mike war so sehr in seine Gedanken versunken, dass ihm erst nach einer geraumen Weile auffiel, nicht mehr allein im Zimmer zu sein.

Hinter ihm stand Paul, einer seiner beiden Zimmerkameraden. Die beiden kannten sich seit fünf Jahren und waren gute Freunde geworden.

»Hallo«, sagte Mike einsilbig.

»Immer noch damit beschäftigt, Trübsal zu blasen?«, erkundigte sich Paul. Er grinste. Es wirkte nicht ganz echt und es diente genau wie sein lockerer Ton nur dazu, Mike aufzuheitern. Leider funktionierte es nicht.

»Wie kommst du darauf?«, knurrte Mike und stand so heftig auf, dass sein Stuhl scharrend über den Boden fuhr und beinahe umgekippt wäre. »Ich platze gleich vor Freude. Kannst du dir etwas Schöneres vorstellen, als Weihnachten hier zu verbringen und Silvester mit einem Glas Erdbeersaft mit McIntire anzustoßen?«

»Du bist ja nicht ganz allein«, sagte Paul.

Was für ein Trost, dachte Mike sarkastisch. Tatsächlich waren sie in diesem Jahr zu fünft, was die Zahl der Schüler anging, die aus dem einen oder anderen Grund nicht nach Hause konnten und die Ferien hier verbrachten. Mike hätte allerdings auf die Ehre, dazu zu gehören, liebend gern verzichtet. Er ersparte sich deshalb jede Antwort.

Paul ging zu seinem Bett und nahm den Koffer auf, der schon seit dem gestrigen Abend fertig gepackt dort stand. Der Anblick gab Mike einen neuerlichen Stich. Natürlich hatte er gewusst, dass Paul heute abreiste – aber es jetzt zu sehen, gab ihm für eine Sekunde das absurde Gefühl, von seinem Freund im Stich gelassen zu werden.

»Ist dein Vater schon da?«, fragte er.

Paul nickte. »Schon seit einer ganzen Weile. Er spricht noch mit McIntire.« Paul war kein besonders guter Schüler. Er machte auch gar kein Hehl daraus, dass er nicht viel von Schule und Lernen hielt, und wahrscheinlich war der einzige Grund, aus dem er noch immer hier war, der, dass sein Vater ein sehr einflussreicher Mann war. Nebenbei auch ziemlich vermögend – aber das waren die Eltern der allermeisten Kinder hier.

Paul sah ihn noch einen Moment lang mitleidig an, dass Mike schon wieder in Zorn geriet, dann zuckte er mit den Schultern, drehte sich um und ging unter dem Gewicht seines Koffers etwas schief zur Tür. Dort wandte er sich noch einmal an Mike: »Willst du nicht wenigstens mitkommen und hallo sagen? Mein Vater würde sich bestimmt freuen.«

Mike wollte im ersten Moment ablehnen, weil er einen tiefen Groll auf die ganze Welt verspürte. Aber dann begegnete er Pauls Blick, und was er darin las, machte ihm klar, dass er seinen Freund damit verletzt hätte.

Außerdem mochte er Hieronymus Winterfeld. Pauls Vater war Kapitän der kaiserlich deutschen Kriegsmarine, der nicht das erste Mal einen Aufenthalt seines Schiffes vor der englischen Küste dazu nutzte, einen Abstecher nach Andara-House zu machen und seinen Sohn zu besuchen. Kapitän Winterfeld erfreute sich nicht nur bei Mike, sondern auch bei allen anderen

Schülern des Internats großer Beliebtheit. Zwar entsprach er äußerlich durchaus dem Bild eines steifen deutschen Marineoffiziers: er war groß, von imposanter Statur, hielt sich stets gerade in seiner dunkelblauen Marineuniform, an deren Brust viele Medaillen und Ordensspangen befestigt waren, und hatte einen stets forschen Gang. Ganz im Gegensatz zu diesem Ehrfurcht gebietenden Äußeren stand jedoch sein Verhalten. Er war nicht nur sehr freundlich, sondern auch ein überaus lustiger und redseliger Mann, der immer eine freundliche Bemerkung parat hatte und kaum eine Gelegenheit ausließ, eine Anekdote aus seinem Leben zur See oder irgendein Abenteuer zu erzählen. Manchmal brachte er kleine Geschenke für Pauls Zimmerkameraden mit und im vergangenen Jahr hatte er sogar auf eigene Kosten eine Barkasse gechartert und Paul und eine Anzahl anderer Jungen zu einer Rundfahrt im Hafen eingeladen.

»Wie ist es?«, fragte Paul, als Mike noch immer zögerte. Mike gab sich einen Ruck und stand auf. »Warum nicht?«, sagte er. »Vielleicht kann ich deinen Vater überreden, mich als blinden Passagier an Bord seines Schiffes zu schmuggeln.«

Auch in den Räumen des Direktors warfen die kommenden Ferien ihre Schatten voraus. Der Schreibtisch im Vorzimmer war verwaist und völlig aufgeräumt. McIntires Sekretärin war eine überaus tüchtige Person, aber das genaue Gegenteil des Direktors. Sie war lustig, immer zu einem Scherz aufgelegt, redete ununterbrochen und verbreitete Chaos, wo immer sie auftauchte. Wie auf ein Stichwort hin erschien sie in diesem Moment bereits mit Mantel, dicken Winterstiefeln und einem jener breitkrempigen Hüte mit einem Gazeschleier, wie sie jetzt in Mode gekommen waren. Als sie die beiden erblickte, lächelte sie.

»Ah, der junge Herr Winterfeld«, sagte sie höflich. »Du bist bestimmt gekommen, um Mäuschen zu spielen und zu hören, was der Herr Direktor mit deinem Vater zu besprechen hat, wie?« Sie blinzelte Paul zu, ging zum Schreibtisch und warf einen letzten Blick auf die blank polierte Platte, wie um sich zu überzeugen, dass ihr auch kein Stäubchen entgangen war, das den Schreibtisch während ihrer Abwesenheit verunzieren mochte. »Aber daraus wird nichts.«

Paul und Mike tauschten einen verwirrten Blick. Sie waren nicht hierher gekommen, um irgendetwas in Erfahrung zu bringen. Außerdem war die gepolsterte Tür zu McIntires Allerheiligstem so dick, dass man dahinter schon eine Kanone hätte abschießen müssen, um auf der anderen Seite einen Laut zu hören.

In diesem Augenblick wurde diese Tür geöffnet und der Direktor von Andara-House trat heraus, dicht gefolgt von Kapitän Winterfeld. Die beiden waren in ein Gespräch vertieft und McIntire lachte sogar, als er Pauls Vater die Tür aufhielt, und das war etwas, was nun wirklich höchst selten vorkam; es war beinahe Anlass genug, auf dem Kalender in Mikes Zimmer das heutige Datum mit einem zweiten roten Kringel zu markieren.

Kapitän Winterfeld sah beeindruckend aus wie immer. Über seiner makellosen Paradeuniform trug er einen weißen Mantel mit Fellkragen und die Kapitänsmütze mit dem goldenen Emblem seines Schiffes verlieh ihm etwas fast Majestätisches.

Sein Schnurrbart war sorgsam gezwirbelt und stand so steif von seinem Gesicht ab, als wäre er aus Draht geflochten, und unter dem Mantel klapperte bei jedem Schritt der Offizierssäbel gegen sein Bein. Als er seinen Sohn und Mike erblickte, unterbrach er sein Gespräch mit McIntire für eine Sekunde, um ihnen ein freundliches Nicken zuzuwerfen, dann streckte er dem Direktor zum Abschied die Hand entgegen. »Also dann sehen wir uns nach den Weihnachtsferien wieder.«

»Frisch ausgeruht und bester Dinge«, bestätigte McIntire. »Und machen Sie sich keine Sorgen. Über die paar Kleinigkeiten –« Bei diesen beiden Worten warf er einen unheilschwangeren Blick in Pauls Richtung.

»– werden wir uns schon einig.«

Paul schien plötzlich etwas ungemein Interessantes am Fenster entdeckt zu haben, denn seine ganze Aufmerksamkeit war auf einen imaginären Punkt irgendwo hinter Miss McCrooder gerichtet. Kapitän Winterfeld drückte McIntire noch einmal die Hand und wandte sich dann zu ihnen um. McIntire blieb mit der Hand auf der Klinke unter der Tür stehen, aber Winterfeld beachtete ihn nicht mehr.

»Michael!«, sagte er mit einem erfreuten Lächeln. »Wie schön, dass wir uns wieder einmal sehen.«

Mike erwiderte Winterfelds festen Händedruck und lächelte ebenfalls. Winterfeld schien aber sofort aufzufallen, dass irgendetwas mit Mike nicht stimmte. Er legte den Kopf schräg und blickte ihn eindringlich an. »Was ist los mit dir?«, fragte er geradeheraus. »Du siehst nicht aus wie ein Junge, der sich auf die Ferien freut.«

Das liegt vielleicht daran, dass ich kein Junge bin, der sich auf die Ferien freut, dachte Mike. Er sprach das aber nicht aus, sondern zuckte nur mit den Schultern.

»Ärger?«, erkundigte sich Winterfeld.

»Nein«, antwortete Mike und Paul sagte im gleichen Atemzug: »Ja.«

Der Blick seines Vaters wanderte für einen Moment zwischen seinem und Mikes Gesicht hin und her. »Mike hat keinen besonderen Grund, sich zu freuen«, erklärte Paul. »Er kann in diesen Ferien nicht nach Hause.«

»Ist das wahr?« Winterfeld blinzelte. »Was ist passiert?«

»Es ist so«, schaltete sich der Direktor ein. »Gestern kam ein Brief aus seiner Heimat. Wie es scheint, herrschen in Indien wieder einmal Unruhen. Jedenfalls ist sein Vormund der Meinung, dass es sicherer für Mike ist, wenn er die Feiertage hier bei uns verbringt, statt sich auf die gefahrvolle Reise in eine Provinz zu begeben, in der jeden Moment ein Bürgerkrieg ausbrechen kann.«

Kapitän Winterfeld runzelte bei diesen Worten die Stirn, schwieg aber. Allein die Tatsache, dass Hieronymus Winterfeld – der immerhin ein hoher deutscher Marineoffizier war – seinen Sohn auf ein englisches Internat schickte, bewies zweifelsfrei, wie sehr er seine privaten Dinge von politischen Rücksichtnahmen zu trennen wusste. Aber er blieb trotz allem ein deutscher Offizier, und selbst Mike, der sich nicht die Bohne um Politik kümmerte, war nicht verborgen geblieben, wie angespannt die Lage in Europa war. Während der letzten Monate hatte sich das Verhältnis zwischen Deutschland und Österreich auf der einen und so ziemlich dem ganzen Rest Europas auf der anderen Seite drastisch verschlechtert Man munkelte sogar von Krieg, aber das hielt Mike für übertrieben.

»Das tut mir sehr Leid«, sagte Winterfeld weich. »Ich weiß, wie das ist, ich bin ebenfalls in einem Internat gewesen, weißt du? Und die Vorstellung, auch noch die wohlverdienten Ferien dort verbringen zu müssen ...« Er schüttelte den Kopf. »Hast du sonst keine Verwandten, zu denen du gehen könntest?«

»Nein«, antwortete Mike. Der europäische Zweig seiner Familie war mit seiner Mutter ausgestorben; das wusste er von seinem Vormund.

»Mike ist nicht ganz allein«, sagte McIntire. »Außer ihm werden noch vier weitere Schüler hier bleiben und es gibt ja auch noch mich und einen Teil des Lehrpersonals, das Weihnachten und Neujahr auf Andara-House verbringt.«

Leider, fügte Mike in Gedanken hinzu, zwang sich aber gleichzeitig zu einem Lächeln und sagte: »Es sind ja nur drei Wochen.«

»Drei Wochen können eine Ewigkeit sein«, sagte Winterfeld. Ein nachdenklicher Ausdruck erschien auf seinen Zügen. »Vielleicht gäbe es da doch noch eine Möglichkeit«, meinte er etwas unschlüssig.

»Welche?«, fragte McIntire.

»Nun, es ist ungewöhnlich, aber ...« Er zögerte einen Moment, dann sprach er weiter. »Michael könnte uns begleiten. Wenigstens für ein paar Tage.«

Mike horchte auf und McIntire legte den Kopf schräg und die Stirn in Falten, wodurch er ein wenig wie ein überraschter

Dackel aussah, ohne jedoch die natürliche Freundlichkeit dieser kleinen Hunde auszustrahlen. »Wie meinen Sie das?«

»Nun, des einen Leid ist des anderen Freud, das wissen Sie ja«, antwortete Winterfeld. »An sich hatte ich vor, Paul gleich mit nach Hause zu nehmen. Aber wie es scheint, werden auch wir zumindest die Weihnachtstage noch auf Ihrer freundlichen Insel verbringen. Die LEOPOLD liegt mit einem Maschinenschaden im Hafen, und wie mir mein Erster Ingenieur versicherte, wird die Reparatur mindestens sechs Tage in Anspruch nehmen. Wenn Michael es möchte und Sie einverstanden sind, selbstverständlich, dann könnte er Paul und mich begleiten und an Bord des Schiffes bleiben, bis wir auslaufen.«

Mike riss erstaunt Mund und Augen auf. Aus seiner gerade noch abgrundtiefen Betrübnis wurde ein himmelhohes Jauchzen, das allerdings sofort wieder einen kräftigen Dämpfer bekam, als er McIntire ansah. Das Stirnrunzeln des Direktors zeigte, dass er wenig begeistert von Winterfelds Vorschlag war. Schließlich war Hieronymus Winterfeld Soldat und die LEOPOLD ein Kriegsschiff. Sein Vorschlag verstieß wahrscheinlich gegen so ziemlich jede Regel, die McIntire kannte, und wahrscheinlich auch gegen alle, die er nicht kannte.

»Ich bin nicht ganz sicher, ob ...«, begann McIntire, aber Winterfeld unterbrach ihn sofort.

»Ich übernehme natürlich die volle Verantwortung«, sagte er. »Und es besteht wirklich kein Grund zur Sorge. Wie gesagt: Die LEOPOLD liegt manövrierunfähig im Hafen und ich verbürge mich dafür, dass Michael sicher wieder zurückgebracht wird, bevor wir auslaufen.«

»Ich zweifle nicht an Ihrem Wort, Kapitän Winterfeld«, antwortete McIntire hastig. »Es ist nur...« Er räusperte sich, dann gab er sich einen Ruck und fuhr ein wenig fester fort: »Ich will ganz ehrlich sein: Die Lage ist nicht nur in Indien gespannt. Ich bin nicht sicher, ob es wirklich klug ist, wenn sich Mike im Moment an Bord eines deutschen Kriegsschiffes begibt.«

»Sir, ich bitte Sie!«, sagte Winterfeld kopfschüttelnd. »Ich weiß ja nicht, was die Zeitungen hier in Großbritannien für einen Unsinn verbreiten, aber wenn er auch nur halb so groß ist wie der, den sie bei uns schreiben, dann kann ich Sie beruhigen. Weder das Deutsche Kaiserreich noch Österreich-Ungarn tragen sich im Moment mit dem Gedanken an Krieg. Und ich kann mir beim besten Willen nicht vorstellen, dass es Ihrer Queen anders ergeht. Immerhin leben wir im zwanzigsten Jahrhundert.«

»Was nichts daran ändert, dass die LEOPOLD ein Kriegsschiff ist.«

Kapitän Winterfeld nahm die Worte gar nicht zur Kenntnis. »Und außerdem«, fuhr er unbeeindruckt fort, »bin ich nicht als Kapitän der kaiserlichen Kriegsmarine hier, sondern als Vater einer Ihrer Schüler.«

McIntire wirkte noch immer unentschlossen und Mikes Herz begann vor Aufregung immer schneller zu klopfen. McIntire musste einfach ja sagen. Nach Winterfelds überraschendem Angebot würde er eine weitere Enttäuschung nicht überleben, da war er ganz sicher.

»Ich mache Ihnen einen Vorschlag«, sagte Winterfeld. »Wenn ich mich nicht irre, wird der Schulbetrieb mit dem heutigen Abend sowieso eingestellt. Ich lade Sie, Michael und die vier anderen Schüler, von denen Sie erzählten, zu einem Besuch auf meinem Schiff ein. Sie können sich mit eigenen Augen davon überzeugen, dass die Jungen dort sicher sind.«

»Ist das denn gestattet?«, fragte McIntire überrascht.

Winterfeld schüttelte den Kopf und grinste plötzlich so breit wie ein Schüler der dritten Klasse, der beobachtet, wie sein Lehrer sich auf den Schwamm setzt, den er auf seinen Stuhl gelegt hat. »Betrachten Sie es als einen Akt der Völkerverständigung«, sagte er. »In einer Zeit wie dieser können auch kleine Gesten große Dinge bewirken – und für Michael und die vier anderen ist es wenigstens ein kleiner Trost.«

McIntire zögerte noch immer, aber Mike spürte, dass sein Widerstand mit jeder Sekunde weiter bröckelte. Vermutlich fand auch er selbst die Vorstellung äußerst verlockend, Winterfelds mächtiges Kriegsschiff aus der Nähe sehen zu können. Mike wurde allein bei dem Gedanken schon fast schwindelig. Paul hatte ihm genug von der LEOPOLD erzählt, um ihn ganz kribbelig werden zu lassen. Welchem Jungen in seinem Alter hätte nicht auch das Herz höher geschlagen bei dem Gedanken, ein paar Tage auf einem richtigen Kriegsschiff zu verbringen? McIntire musste einfach ja sagen!

Und er tat es. »Also gut«, sagte er. Er drehte sich zu Mike herum. »Ich nehme die Einladung für mich und die Jungen an.«

»Prima«, sagte Winterfeld aufgeräumt, »dann schicke ich morgen früh einen Wagen. Sagen wir um neun Uhr?«, wandte er sich an McIntire.

Mike war über diese unerwartete erfreuliche Wendung der Dinge so aufgeregt, dass er vergaß, sich bei Pauls Vater zu bedanken. Sein Herz klopfte noch immer heftig, als Paul und sein Vater gegangen waren und er wieder in sein Zimmer zurückkehrte.

Dass er in diesem Jahr nicht nach Indien reisen konnte, erwies sich plötzlich als unerwarteter Glücksfall. Indien, so gern er seine Heimat mochte, lief ihm nicht davon, wohl aber vielleicht die LEOPOLD.

Er erreichte sein Zimmer, trat ein – und blieb an der Tür stehen.

Irgendetwas war nicht so, wie es sein sollte.

Aufmerksam sah er sich im Zimmer um. Auf den ersten Blick schien alles zu sein wie vorhin, aber dann gewahrte er doch eine Anzahl kleiner Veränderungen: Eine Schublade des Schreibtisches war aufgezogen und nicht wieder völlig geschlossen worden, sodass ihre Kante einen Zentimeter über die Front des Möbels herausragte, der Brief lag ein wenig anders da als vorhin. Auf dem Regal über seinem Bett hatten zwei Bücher seit Wochen auf dem Kopf gestanden, jetzt standen sie richtig herum.

Dann sah er, dass sein Schrank halb offen stand. Er selbst hatte ihn gestern Abend abgeschlossen und der Schlüssel befand sich in seiner rechten Hosentasche, wie er mit einem raschen Griff feststellte.

Er musterte aufmerksam den Inhalt. Von den wenigen Dingen, die Mike für wert befunden hatte, eingeschlossen zu werden, fehlte kein einziges. Aber es war auch hier wie auf dem Schreibtisch oder dem Regal: Es gab winzige Veränderungen, die Mikes Verdacht endgültig zur Gewissheit machten. Jemand war hier gewesen und hatte seine Sachen durchsucht.

Mike drückte die Tür wieder zu und schloss sorgfältig ab. Wer um alles in der Welt mochte hier gewesen sein, und vor allem: warum? Er wusste natürlich, dass selbst hier schon Diebstähle vorgekommen waren, aber das war doch die Ausnahme – und außerdem besaß er rein gar nichts, was des Stehlens wert gewesen wäre. Er ging zum Schreibtisch, öffnete die Schublade, die ihm vorhin aufgefallen war, und es war dasselbe: Ganz offensichtlich hatte jemand seine Habseligkeiten durchsucht. Aber auch hier fehlte nichts.

Die Sache wurde immer rätselhafter. Trotzdem – es gab an diesem Tag nichts, was Mikes gute Laune wirklich hätte verderben können.

Der Wagen rollte am nächsten Morgen um Schlag neun die verschneite Zufahrt von Andara-House hinauf. Obwohl weder Paul noch sein Vater mitgekommen waren und es sich um einen sehr großen Wagen handelte, herrschte während der fast anderthalbstündigen Fahrt doch eine drückende Enge, denn außer Mike und seinen vier Kameraden hatten sich nicht nur McIntire, sondern auch noch Miss McCrooder zu ihnen gesellt, sodass sie alle froh waren, als sie endlich den Hafen erreichten und aussteigen konnten.

Natürlich war Mike der Erste, der vom Trittbrett des Wagens herunter in den braunen Morast sprang, in den sich der über Nacht gefallene Schnee verwandelt hatte, und beinahe wäre er auf dem schlüpfrigen Boden ausgeglitten und konnte sich nur im letzten Moment am Kotflügel des Wagens festhalten – was ihm nicht nur das schadenfrohe Gelächter seiner Kameraden, sondern auch ein missbilligendes Stirnrunzeln McIntires einbrachte. Aber das störte ihn im Moment herzlich wenig. Er grinste nur fröhlich, trat einen Schritt beiseite, um den anderen Platz zu machen, die hinter ihm aus dem Wagen herausdrängten, und zog den Kragen seiner pelzgefütterten Jacke enger zusammen, während er sich umsah.

Der Teil des Hafens, in den sie der Fahrer gebracht hatte, war eine einzige Enttäuschung: Zur Rechten des schmalen Kais, der mit aufgeweichtem schmutzigem Schnee bedeckt war, reihten sich eine Anzahl niedriger, schäbig aussehender Lagerschuppen, die zum Großteil nicht benutzt zu werden schienen – einige Fenster waren eingeschlagen oder mit Brettern vernagelt, manche der großen Rolltore standen offen, sodass man einen Blick in die leeren, dem Verfall anheim gegebenen Räume dahinter werfen konnte. Aus dem Schornstein eines Gebäudes vielleicht fünfzig Meter vor ihnen stieg weißer Rauch, und noch etwas weiter hinten war eine Anzahl Männer damit beschäftigt, einen Lastkarren zu entladen, davon abgesehen jedoch machte die Gegend einen ziemlich verlassenen Eindruck. Das Bild auf der anderen Seite war noch trostloser. Das Wasser der Themse schwappte träge gegen den Kai und statt der erwarteten Ozeanriesen schwammen nur einige Abfälle auf den braunen, öligen Wellen.

»Nun, wo ist denn dein famoses Schlachtschiff?«, hörte er Juans Stimme hinter sich fragen.

Mike unterdrückte den Ärger, mit dem ihn diese Worte erfüllten. Sicher, er war auf der Fahrt hierher nicht müde geworden, ihnen allen von der LEOPOLD vorzuschwärmen, die er ja aus Pauls Erzählungen zumindest theoretisch kannte, und wenn sie seinen Worten auch nur halbwegs Glauben schenkten, dann mussten sie zu der Überzeugung gelangt sein, dass das größte Abenteuer ihres Lebens auf sie wartete. Und alles, was sie im Moment sahen, waren ein schmuddeliger Kai, ein halbes Dutzend leer stehender Lagerschuppen und einige Hafenarbeiter.

»Es ist nicht mein Schlachtschiff«, antwortete er betont und drehte sich um. »Außerdem ist die LEOPOLD manövrierunfähig, wie du sehr wohl weißt. Sie schicken ein Boot, das uns abholt.«

»Und an Bord eines deutschen Kriegsschiffes bringt, das vor der Themsemündung liegt?«, fügte Juan in herablassendem Tonfall hinzu. »Und das glaubst du sogar, wie?« Er hatte die Arme vor der Brust verschränkt und blickte ihn spöttisch an und hinter ihm hatten jetzt Ben und André Aufstellung genommen. Nur Chris, mit seinen neun Jahren der Jüngste von ihnen, hatte sich ein paar Schritte weit vom Wagen entfernt und sah auf den Fluss hinaus. Dabei trat er unentwegt von einem Fuß auf den anderen.

»Wir haben gestern Abend darüber gesprochen«, fuhr Juan mit einer Geste fort, die sowohl die beiden anderen als auch Chris einschloss. »Wie selbst dir nicht entgangen sein dürfte, kriselt es zwischen England und Deutschland und du glaubst im Ernst, dass in dieser Zeit die englische Regierung zusieht, wie ein deutsches Kriegsschiff vor der Themsemündung herumschippert?«

Mike wäre nie auf die Idee gekommen, Politik mit seinen persönlichen Gefühlen einem anderen Menschen gegenüber in Verbindung zu bringen. Aber er wusste, dass das nicht bei allen Schülern des Internats so war. Gerade in den letzten Monaten hatte Paul sich einige böse Bemerkungen anhören müssen, weil sein Vater Kapitän der deutschen Kriegsmarine war. »Was hat das eine mit dem anderen zu tun?«, fragte er mürrisch. »Kapitän Winterfeld ist ganz privat hier, um Paul abzuholen.«

»O ja, und zu diesem Zweck bringt er gleich sein großartiges Schiff mit, wie?«, fragte Juan spöttisch.

Mikes Blick glitt über die Gesichter der anderen. Ben sah ihn schadenfroh an und selbst André lächelte abfällig.

Mike kannte den jungen Franzosen kaum. Er lebte zwar seit zwei Jahren auf Andara-House und über seine Herkunft gab es verschiedene Gerüchte, nach denen er mal der letzte Spross eines im Aussterben begriffenen französischen Adelsgeschlechtes war, dann wieder der Sohn eines Pariser Millionärs, dessen Vater keine Zeit hatte, sich um ihn zu kümmern, oder auch das uneheliche Kind einer weltbekannten Schauspielerin. André sprach zwar ein fast akzentfreies Englisch – aber nur, wenn es unbedingt notwendig war.

Mike wandte sich wieder Juan zu. Im Gegensatz zu André machte der Spanier kein Geheimnis um seine Herkunft. Er war tatsächlich der Sohn eines andalusischen Fürsten; und er machte keinen Hehl daraus, dass er sich eine Menge auf das blaue Blut seiner Familie einbildete – und vor allem deren Geld.

»Wenn ihr das glaubt, warum seid ihr dann überhaupt mitgekommen?«, frage Mike scharf.

»Vielleicht um rauszufinden, was hier wirklich los ist«, antwortete Juan mit einem Achselzucken. Er vergrub die Hände in den Jackentaschen und begann auf den Absätzen zu wippen.

»Außerdem ist es immer noch besser, als im Internat rumzusitzen und sich zu langweilen«, fügte Ben hinzu. »Wenn dein Freund nicht kommt, sehen wir uns eben den Hafen an.«

Mike funkelte ihn ärgerlich an. Juan und Ben hatten vielleicht äußerlich nicht viel gemein, aber eines war bei beiden gleich: Mike konnte sie nicht besonders gut leiden.

»He, was ist denn da los?« McIntires Stimme drang scharf an Mikes Ohr und hinderte ihn an einer wütenden Antwort. Der Direktor von Andara-House kam mit weit ausgreifenden Schritten näher, blieb zwischen Mike und den drei anderen Jungen stehen und musterte sie nicht besonders freundlich. »Keinen Streit, wenn ich bitten darf, meine Herren.«

»Wir streiten nicht«, sagte Juan. Er machte sich nicht einmal die Mühe, McIntire bei diesen Worten anzusehen, sondern hielt seinen Blick fest auf Mikes Gesicht gerichtet. »Wir haben nur überlegt, wo das Boot bleibt, das ist alles.«

McIntires Gesichtsausdruck machte sehr deutlich, was er von dieser Antwort hielt. Juan und er waren schon mehr als einmal in aller Öffentlichkeit aneinander geraten. Doch diesmal zuckte der Direktor nur mit den Schultern, kramte umständlich seine Taschenuhr unter dem Mantel hervor und ließ den Deckel aufschnappen.

»Es ist in der Tat schon ziemlich spät«, sagte er, nachdem er einen Blick auf das Zifferblatt geworfen hatte. »Aber das Wetter ist schlecht und das Boot wird eine ganze Weile brauchen, um hierher zu kommen. Vielleicht sollten wir uns noch ein wenig gedulden, ehe wir anfangen irgendwelche Verschwörertheorien zu entwickeln. Meinen Sie nicht auch, Señor del Gado?« Er ließ den Deckel seiner Uhr mit einem hörbaren Geräusch zuschnappen und behielt Juan eine Sekunde lang scharf im Auge, ehe er die Uhr wieder einsteckte.

Juan ließ sich nun doch dazu herab, McIntire anzublicken, und er war klug genug, nichts zu sagen, sondern nur stumm mit dem Kopf zu nicken.

Rasch wandte sich Mike um und ging zu Chris hinüber, der auf der anderen Seite des Wagens stand. Er wollte Juan keine Gelegenheit zu einer weiteren spitzen Bemerkung geben. Der Tag war ohnehin schon halb verdorben.

»Ärger?«, fragte Chris, als Mike neben ihm anlangte.

Mike zuckte mit den Achseln. »Das Übliche«, antwortete er. »Juan.«

»Mach dir nichts draus«, sagte Chris. »Er kocht vor Wut, die Ferien im Internat verbringen zu müssen, und sucht jemanden, an dem er seinen Zorn auslassen kann. Er war schon immer ein Blödmann.«

Mike lachte leise. Wahrscheinlich hatte Chris Recht. Das Dumme war nur, dass Juans Bemerkung ihn unsicher gemacht hatte. Aber weshalb hätte Winterfeld sie zu einem Besuch auf der LEOPOLD einladen sollen, wenn sie gar nicht hier war? Und außerdem ...

Als wären seine Gedanken das Stichwort gewesen, ertönte in diesem Moment das gedämpfte Tuckern eines Dieselmotors, und als Chris und Mike sich herumdrehten und in die Richtung sahen, aus der das Geräusch kam, erblickten sie eine weiß gestrichene Barkasse, die genau auf sie zuhielt. Das Boot war viel kleiner, als Mike erwartet hatte, und der kurze Flaggenmast an seinem Heck war leer; auch konnte Mike weder einen Namen noch irgendeine andere Bezeichnung am Bug des Schiffes entdecken. Trotzdem zweifelte er keine Sekunde daran, dass dies die Barkasse war, die sie zur LEOPOLD bringen sollte.

»Na also«, sagte McIntire, »da kommt das Boot ja. Es besteht also gar kein Grund zur Aufregung.«

Gemeinsam mit Miss McCrooder – die übrigens ganz gegen ihre sonstige Art bisher kaum ein Wort gesprochen hatte – scheuchte er Juan und die beiden anderen vor sich her zum Wasser. Das Boot kam schnell näher. Mike sah, dass sich mit Ausnahme des Steuermannes, der hinter dem blinden Glas des Ruderhauses nur als verschwommener Schemen zu erkennen war, noch zwei weitere Matrosen an Bord befanden; Männer mit schwarzen Pudelmützen und schweren Arbeitsjacken. Er war ein wenig enttäuscht, dass weder Kapitän Winterfeld selbst noch Paul mitgekommen waren, um sie abzuholen.

»Auf dem Kahn brauchen wir Stunden, um das Schiff zu erreichen«, maulte Juan. McIntire warf ihm einen ärgerlichen Blick zu und wollte etwas erwidern, doch in diesem Moment geschah etwas, was ihre Aufmerksamkeit auf sich zog: Am anderen Ende der Straße wurden aufgeregte Stimmen laut, und als Mike sich umdrehte, sah er, dass die Arbeiter, die vorhin Kisten von dem Lastkarren in den Schuppen transportiert hatten, in eine lautstarke Auseinandersetzung mit einem Fremden verstrickt waren. Sehr schnell wurde aus der Debatte eine heftige Rangelei: »He!«, rief Ben. »Da ist was los! Kommt, das sehen wir uns an!« Er wollte loslaufen, aber McIntire ergriff ihn mit einer schnellen Bewegung am Arm und hielt ihn zurück.

»Nichts da!«, sagte er scharf. »Ihr bleibt schön hier! Das fehlt mir noch, dass ich euren Eltern erklären muss, wieso ihr in eine Hafenschlägerei verwickelt worden seid!«

Ben machte ein enttäuschtes Gesicht, aber er versuchte nicht sich aus McIntires Griff zu lösen, sondern trat gehorsam wieder zurück. McIntires Besorgnis war berechtigt – die Rauferei hatte sich in eine ordentliche Schlägerei verwandelt. Schreie wurden laut und Mike sah, wie sich gleich vier Männer auf einmal auf den Fremden stürzten, um ihn niederzuringen.

Sein Schrecken wandelte sich schon nach wenigen Sekunden in Erstaunen, als er sah, wie erfolgreich sich der Mann zur Wehr setzte. Natürlich konnte er die vierfache Übermacht seiner Gegner nicht wirklich besiegen; so etwas klappte vielleicht in Büchern, aber selten in Wirklichkeit. Doch er hielt sich tapfer.

Die vier Burschen hatten ihn eingekreist und attackierten ihn mit Boxhieben und Tritten, aber irgendwie gelang es ihm immer wieder, den Angriffen auszuweichen und selbst mit blitzschnellen Schlägen zu kontern, die mehr als einmal einen der Angreifer zu Boden schickten. Dabei war er nicht besonders groß oder von kräftigem Wuchs. Der Mann, der schwarzes Haar und einen dunklen Teint hatte, war schlank und nur von durchschnittlicher Größe. Aber er bewegte sich mit katzenhafter Geschmeidigkeit und so schnell, dass Mike einige der Hiebe, die er seinen Gegnern versetzte, nicht einmal richtig sah. Trotzdem wurde der Fremde mehr und mehr in die Enge getrieben und am Ausgang des ungleichen Kampfes bestand kein Zweifel. Die Übermacht war zu groß.

»Jemand sollte ihm helfen«, sage Juan plötzlich. »Vier gegen einen ist nicht fair.«

»Nichts da!«, antwortete McIntire streng. »Ihr bleibt hier, verstanden? Habt ihr Lust, da hineingezogen zu werden und den Rest des Tages auf einer Polizeiwache zu verbringen statt auf dem Schiff?«

Nervös sah er sich nach der Barkasse um. Das Boot war mittlerweile näher gekommen und begann träge auf der Stelle zu wenden, um am Kai längsseits zu gehen. Einer der beiden Matrosen hatte eine Planke ergriffen, der andere stand im Bug des Bootes und sah neugierig der Prügelei auf dem Kai zu.

Auch Mike blickte wieder zum Schuppen hin. Der Kampf war mittlerweile entschieden. Der Fremde war zu Boden gegangen und zwei der Burschen waren gerade dabei, seine Arme zu packen und festzuhalten, während ein dritter neben ihm stand und ihm mehrmals hintereinander fest in den Leib trat. Plötzlich kam sich Mike erbärmlich feige vor, einfach dazustehen und tatenlos zu bleiben.

»Wir müssen doch irgendetwas tun«, sagte er. »Sie bringen ihn um.«

»Unsinn!«, antwortete McIntire. »So schnell bringt man niemanden um. Wer weiß, was er getan hat.« Aber er sah nicht so drein, als wäre er von seinen eigenen Worten überzeugt, und nach einem Zögern fügte er hinzu: »Ich werde die Angelegenheit melden, sobald wir zurück sind.«

Mike starrte den Direktor von Andara-House verblüfft an. Bis sie zurück waren, würde es später Nachmittag sein, wenn nicht Abend. Was um alles in der Welt glaubte McIntire dann noch melden zu können?

Er kam nicht dazu, etwas zu sagen, denn in diesem Moment hatte die Barkasse das Ufer erreicht. Der Bootsrumpf schlug mit einem dumpfen Laut gegen den Kai und im selben Moment wurde die Planke zu ihnen heruntergeworfen; der zweite Matrose sprang von Bord und wickelte das Ende eines handstarken Taues um einen der eisernen Poller, die in regelmäßigen Abständen über dem Ufer aufragten.

»Beeilt euch«, sagte McIntire mit einer ungeduldigen Geste. »Wir haben genug Zeit verloren.« Als keiner der Jungen reagierte, trat Miss McCrooder als Erste auf die schmale Planke, um mit kleinen, vorsichtigen Schritten zum Boot überzuwechseln. Sie wirkte sehr nervös und Mike war sicher, dass das nicht nur an dem schmalen Steg lag, über den sie balancieren musste. Auf ihrem Gesicht lag ein angespannter Ausdruck. Von ihrer gewohnten Fröhlichkeit war nichts mehr zu entdecken und jetzt fiel ihm auch wieder ein, wie schweigsam sie auf dem Weg hierher gewesen war.

Juan stemmte die behandschuhten Fäuste in die Hüften und maß das Boot mit einem stirnrunzelnden Blick. »Keine Hoheitszeichen«, sagte er mürrisch. »Sie haben den Namen und die Kennung überpinselt, seht euch das an. Was soll denn der Unfug?«

»Juan, Ben – bitte«, seufzte McIntire. »Lasst euch doch nicht zu jeder einzelnen Bewegung auffordern! Wenn ihr hier bleiben wollt, dann sagt es und wir fahren auf der Stelle ins Internat zurück!«

Das gab den Ausschlag. Die beiden beeilten sich, hinter Miss McCrooder in die Barkasse hinabzusteigen, und auch André und Chris – und nach einem letzten Blick die Straße hinunter schließlich auch Mike – folgten ihnen.

Mike fühlte sich noch immer schlecht. Der Kampf war vorbei und die vier Burschen schleiften jetzt den wehrlos daliegenden Mann grob auf den offen stehenden Schuppen zu. Gott allein mochte wissen, was sie dort drinnen mit ihm anstellen würden. Mike verstand McIntire einfach nicht. Es war gut möglich, dass die Männer den Fremden umbrachten – und er tat so, als ginge sie das alles nichts an!

McIntire sprang als Letzter in das Boot hinein und schon wurde die Planke wieder eingezogen und der zweite Matrose löste das Tau, das er noch nicht einmal richtig befestigt gehabt hatte. Der Bootsrumpf erzitterte sacht unter ihren Füßen, als sich die Barkasse vom Ufer trennte und den stumpfen Bug wieder in die Richtung drehte, aus der sie gekommen war.

Mike sah ein letztes Mal zum Ufer zurück. Das Boot drehte sich immer weiter, sodass der Lagerschuppen rasch außer Sicht geriet. Von den vier Männern und ihrem Opfer war nichts mehr zu entdecken. Doch als Mike sich wieder umwandte, sah er, dass Miss McCrooder angespannt in die gleiche Richtung blickte wie er und der Ausdruck auf ihrem Gesicht noch ernster geworden war. McIntire hatte das kleine Ruderhaus betreten und unterhielt sich halblaut, aber heftig mit dem Steuermann. Und auch er deutete immer wieder zurück; zum Ufer und in die

Richtung, in der der Lagerschuppen lag. Plötzlich hatte Mike das sichere Gefühl, dass hier irgendetwas nicht stimmte.

Er sollte Recht behalten.

Als sie sich weiter in das Hafenbecken hineinbewegten, wurde es empfindlich kalt. Vom Wasser stieg ein eisiger Hauch empor, und während ihnen am Ufer die Lagerschuppen noch ein wenig Schutz vor dem Wind gewährt hatten, schlug er ihnen nun eisig ins Gesicht, sodass Mike nicht der Einzige war, der fröstelnd die Hände in den Jackentaschen vergrub und den Kopf einzog. Das Boot nahm Kurs auf die Themsemündung und wurde nur wenig schneller. Wenn sie die ganze Strecke bis zur LEOPOLD in diesem Schneckentempo zurücklegten, dachte Mike, dann konnte es Mittag werden, ehe sie das Schiff auch nur sahen.

Er ging zum Bug des Bootes, blieb jedoch sofort wieder stehen, als er Juan, Ben und André gewahrte, die dort vorne standen und sich lautstark über das Boot und den bevorstehenden Besuch auf der LEOPOLD unterhielten, wobei sie an beidem kein gutes Haar ließen. Mike war für einen Moment nahe daran, ihnen gehörig die Meinung zu sagen. Aber wenn er Juan und den anderen jetzt auch noch einen Vorwand lieferte, tatsächlich einen Streit vom Zaun zu brechen, dann war dieser Tag, auf den er sich so gefreut hatte, vermutlich gar nicht mehr zu retten. Also machte er kehrt, trat an die Reling und sah auf das Wasser hinab, das sich schäumend am Bug brach. Das Boot war tatsächlich erst vor ganz kurzer Zeit gestrichen worden, wie er beiläufig registrierte. Allerdings war das noch lange kein Grund, dachte er, gleich Verschwörung und Verrat zu wittern.

Das intensive Gefühl, angestarrt zu werden, ließ Mike aufsehen. Er drehte sich herum und begegnete für eine Sekunde Miss McCrooders Blick. Sie sah noch immer so nervös aus wie vorhin, als sie an Bord gegangen waren. Doch nun gab sie sich einen Ruck und auf ihren Zügen erschien wieder das gewohnte, freundliche Lächeln.

Das Gesicht aus dem Wind gedreht, trat sie neben ihn, steckte die Hände unter die Achseln und schauderte übertrieben. »Ich wusste gar nicht, dass es auf dem Wasser so kalt ist«, sagte sie. »Hoffentlich gibt es auf Kapitän Winterfelds Schiff eine vernünftige Heizung.«

Mike lächelte höflich, sagte aber nichts, sondern blickte Miss McCrooder nur aufmerksam von der Seite her an. Sie gab sich große Mühe, sich ihre Unruhe nicht anmerken zu lassen, doch ihr Blick huschte unentwegt über das Wasser und ihre Haltung verriet eine Anspannung, die nicht allein auf die Kälte zurückzuführen war.

Vor ihnen verbreiterte sich nun die Fahrrinne und rechts und links des Beckens erhoben sich Schuppen und Gebäude in monotoner Gleichförmigkeit. Mike gewahrte nirgends irgendeine Bewegung oder gar Menschen. Nur von rechts näherte sich ein Schlepper, ein wahres Ungetüm aus rostigem Eisen und Holz, dessen Umrisse eher an einen schwimmenden Berg erinnerten als an ein Schiff. Mike verlängerte den Kurs des Schiffes in Gedanken und stellte fest, dass es ihnen ziemlich nahe kommen musste, wenn sie ihre momentane Geschwindigkeit beibehielten.

»Ich hätte doch meinen Mantel anziehen sollen«, sagte Miss

McCrooder und seufzte. »Aber was tut man nicht alles aus Eitelkeit.«

Mike sah sie abermals an und stellte fest, dass sie tatsächlich am ganzen Leib zitterte und kreidebleich geworden war. »Soll ich Ihnen meinen Schal leihen?«, fragte er mitfühlend.

Miss McCrooder zögerte eine Sekunde, dann schüttelte sie den Kopf. »Nein. Ich ... wenn ich ehrlich sein soll – ich fürchte mich.«

»Wovor?«, fragte Mike verwirrt.

»Na, vor allem hier«, gestand sie verlegen. »Wasser macht mich nervös. Ich bin noch nie gerne auf Schiffen gewesen. Sie machen mir Angst. Ich weiß zwar, dass es Unsinn ist, aber ich habe immer das Gefühl, dass sie jeden Augenblick untergehen müssen. Jetzt wirst du wahrscheinlich über mich lachen und mich für eine zimperliche alte Jungfer halten.«

»Bestimmt nicht«, sagte Mike und er meinte das auch so. Er wusste, dass jeder Mensch seinen schwachen Punkt hatte; irgendetwas, das ihm einfach Angst machte, ob es nun begründet war oder nicht. »Bestimmt nicht«, sagte er. »Ich verstehe das. Bei mir sind es große Höhen, wissen Sie? Mir wird schon schwindelig, wenn ich aus dem Fenster im dritten Stock sehe.«

Miss McCrooder sah ihn eine Sekunde lang zweifelnd an. Plötzlich lächelte sie. »Ich glaube dir zwar kein Wort«, sagte sie, »aber es ist trotzdem nett gemeint.«

Mike lächelte ein wenig verlegen. Er fühlte sich ertappt. Seine Worte waren zwar nicht gelogen gewesen, wohl aber gehörig übertrieben. Mike war tatsächlich nicht schwindelfrei, aber es gehörten schon ein wenig mehr als zwei Treppen dazu, ihm den

Schweiß auf die Stirn zu treiben. Doch Miss McCrooder verstand die gute Absicht, die hinter seinen Worten steckte, denn sie lächelte abermals, ehe sie sich wieder herumdrehte und aufs Wasser hinaussah. Sie näherten sich der Themsemündung jetzt schneller, aber auch der Schlepper war deutlich näher gekommen und bewegte sich genau auf sie zu. Er war nicht sehr schnell und die kleine Barkasse würde ihm mit Leichtigkeit ausweichen können. Sie machte jedoch keine Anstalten dazu.

Mike blickte erstaunt zum Ruderhaus hinüber und im selben Augenblick rief einer der Matrosen dem Steuermann etwas zu, worauf dieser auch reagierte: Er hörte auf mit McIntire zu diskutieren und drehte hastig am Steuerruder. Mike registrierte, dass der Matrose nicht englisch gesprochen hatte. Das Boot begann unter ihren Füßen zu bocken, als es schwerfällig seinen Kurs änderte, um dem Schlepper auszuweichen. Allerdings nicht sehr weit. Sie würden dem großen Schiff trotz allem gefährlich nahe kommen.

»Ist der Kerl verrückt geworden?«, fragte Juan. Damit meinte er den Steuermann, der das näher kommende Schiff scharf im Auge behielt, während er immer hektischer am Ruder drehte.

Der Erfolg ließ allerdings zu wünschen übrig, fand Mike. Sie näherten sich dem riesigen Schlepper zwar jetzt im Zickzack, was aber nichts daran änderte, dass sie sich ihm immer noch näherten.

Auch McIntire redete mit schriller Stimme auf den Steuermann ein, wobei er immer wieder auf den Schlepper deutete; mit dem einzigen Ergebnis wahrscheinlich, dachte Mike, dass er den Mann noch nervöser machte.

Er sah wieder nach vorne. Juan, Ben und André waren instinktiv ein Stück vom Bug zurückgewichen und Miss McCrooder hatte den kleinen Chris schützend an sich gepresst. Der Matrose tat etwas, was Mike völlig sinnlos vorkam: Er zog seine Jacke aus, obwohl es schneidend kalt war.

Natürlich waren sie nicht wirklich in Gefahr. Ihre Kursänderung war vielleicht nicht dramatisch, aber Mike erkannte bald, dass sie durchaus reichte, sie in geringer Entfernung an dem größeren Schiff vorbeizubringen. Sie würden ein bisschen durchgeschüttelt werden, das war alles.

Doch es kam anders. Sie hatten sich dem Schlepper auf weniger als fünfzig Meter genähert, als dieser plötzlich den Kurs änderte. Sein gewaltiger, runder Bug schwenkte in einer träge wirkenden Bewegung herum – und zielte mit einem Mal genau auf die kleine Barkasse!

Mikes überraschtes Keuchen ging in den Schreckensschreien der anderen unter. Juan, Ben und André begannen wild und ziellos durcheinander zu laufen, während Miss McCrooder stocksteif und mit entsetzt vor das Gesicht geschlagenen Händen dastand und aus Leibeskräften schrie. Der Matrose, der seine Jacke ausgezogen hatte, war mit zwei gewaltigen Schritten auf der anderen Seite des Schiffes und sprang kurzerhand über Bord und Mike hörte, wie hinter ihm die Tür des Ruderhauses aufgerissen wurde und McIntire irgendetwas schrie. Doch auch er selbst stand da und starrte das näher kommende Schiff an, als könnte er einfach nicht glauben, was er sah.

Das Schiff schien plötzlich mit unheimlicher Schnelligkeit auf sie zuzuschießen. Mike sah, wie sich das Wasser schäumend an seinem Bug brach, der immer größer und größer zu werden schien, bis er den ganzen Himmel vor ihnen ausfüllte und immer noch größer wurde.

Dann kam der Aufprall. Mike versuchte sich dagegen zu wappnen, doch der Schlag war hundertmal schlimmer, als er erwartet hatte. Die kleine Barkasse wurde wie von einem Axthieb in zwei Teile gespalten und zugleich auf die Seite geworfen und Mike selbst fühlte sich wie von einer unsichtbaren Hand gepackt und hoch in die Luft geschleudert. Die Schreie der anderen gingen im Bersten und Splittern des auseinander brechenden Bootes unter, während Mike sich zweimal in der Luft überschlug und dann auf das Wasser hinabstürzte. Eine Sekunde, bevor er aufschlug, sah er, wie sich der Bug der in zwei Teile zerschmetterten Barkasse aufbäumte und seine Passagiere abschüttelte wie ein bockendes Pferd, während das Heck vom Bug des Schleppers wie von einer eisernen Faust unter Wasser gedrückt wurde und sprudelnd versank.

Die Wucht seines Sturzes schien die Wasseroberfläche in eine Glasscheibe verwandelt zu haben, durch die er mit grausamer Kraft hindurchgeprügelt wurde. Er hatte das Gefühl, sich jeden einzelnen Knochen im Leib gebrochen zu haben, aber noch schlimmer war die Kälte, die mit dem Wasser über ihm zusammenschlug und eine Million glühender Nadeln in seine Haut zu bohren schien. Um ein Haar hätte er aufgeschrien, was hier unter Wasser vermutlich seinen sicheren Tod bedeutet hätte. Sein Herz setzte tatsächlich für eine Sekunde aus, ehe es mit solcher Kraft und so schnell weiterhämmerte, dass er es bis in die Finger- und Zehenspitzen fühlen konnte.

Mike sank tiefer. Die Wucht seines Sturzes hatte ihn sicher zwei Meter ins Wasser hinabgedrückt und seine Kleider begannen sich sofort mit Wasser voll zu saugen. Und plötzlich erschien über ihm ein gigantischer schwarzer Schatten und das Wasser war mit einem Male von einem dumpfen Brausen und Rauschen erfüllt. Der Schlepper, der die Barkasse wie ein Spielzeugschiffchen versenkt hatte, fuhr nun direkt über ihn hinweg!

Mike begriff die Gefahr, in der er schwebte, im allerletzten Moment. Obwohl er schon jetzt an Atemnot litt, drehte er sich herum und versuchte mit verzweifelter Kraft weiter zu tauchen, um dem Verhängnis zu entgehen, das über ihm herangerast kam. Der muschelbesetzte Rumpf des Schiffes verfehlte ihn nur um Zentimeter und die Druckwelle presste ihn noch weiter nach unten, rettete ihm aber wohl auch zugleich das Leben, denn schon die geringste Berührung des Schiffsrumpfes, der mit seinem Panzer aus Muschelkalk wie ein übergroßes Reibeisen wirken musste, hätte ihn wahrscheinlich auf der Stelle getötet oder ihm zumindest entsetzliche Verletzungen zugefügt.

Aber die Gefahr war noch keineswegs vorüber. Mikes Atem wurde wirklich knapp und die Kälte begann seine Muskeln zu lähmen. Es war ihm gelungen, nicht nur nach unten, sondern auch ein Stück zur Seite wegzuschwimmen, sodass er an die Oberfläche hätte zurücktauchen können, ohne Gefahr zu laufen, vom Schiff oder gar der rasenden Schraube an dessen Heck erfasst zu werden. Mike trat aus Leibeskräften Wasser und bewegte wild die Arme, doch statt sich wieder nach oben zu bewegen, sank er im Gegenteil immer schneller in die Tiefe, wobei er sich langsam um seine eigene Achse drehte. Seine

Kleider – vor allem die dicke, pelzgefütterte Jacke – hatten sich mittlerweile so mit Wasser vollgesogen, dass sie ihn wie steinerne Gewichte in die Tiefe zerrten. Er musste aus der Jacke heraus!

Ungeschickt begann Mike, die Knöpfe zu öffnen und das schwere Kleidungsstück abzustreifen, während er immer noch weiter sank. Es war ein Wettlauf mit der Zeit. Ihm blieben nur noch Sekunden, bis er entweder das Bewusstsein verlor oder die Atemnot so schlimm wurde, dass er den Mund öffnete und einfach zu atmen versuchte – und das wäre dann das sichere Ende.

Vor ihm bewegte sich etwas. Ein Schatten schoss durch den Vorhang aus silbernen Luftperlen auf ihn zu, der ihn umgab, und für eine Sekunde glaubte Mike in ein riesiges, bizarres Zyklopengesicht zu blicken, aus dem ihn ein einzelnes, ausdrucksloses Auge anstarrte. Gewaltige Hände, viel zu groß für einen Menschen und mit nur drei Fingern, streckten sich nach ihm aus. Offensichtlich hatte er schon Halluzinationen.

Im buchstäblichen allerletzten Moment gelang es ihm, sich von der Jacke zu befreien. Sie sank wie ein Stein auf den Grund des Hafenbeckens hinab, der jetzt nur noch drei oder vier Meter unter ihm lag, während Mike mit wilden Schwimmbewegungen wieder in die Höhe schoss. Die Wasseroberfläche näherte sich ihm wie ein zitternder Silberspiegel, aber der Druck in seiner Brust wurde immer stärker, überstieg die Grenzen des Erträglichen und –

dann konnte er atmen.

Mike schoss, von seinem eigenen Schwung getragen, aus

dem Wasser heraus, klatschte zurück und sog gierig die Lungen voller frischer, herrlich kühler Luft. Er war dem Tode buchstäblich um einen Atemzug entronnen.

Für eine ganze Weile tat Mike nichts anderes, als mühsam Wasser tretend auf der Stelle zu schwimmen und zu atmen, ehe er wieder so weit bei Bewusstsein war, dass er den Kopf heben und sich umsehen konnte. Der Anblick, der sich ihm bot, war schrecklich. Der Schlepper war weitergefahren und machte nicht einmal Anstalten, beizudrehen oder auch nur seine Geschwindigkeit zu verringern. Auf dem Wasser schwammen hunderte von Trümmerstücken; allen voran das vordere zerschmetterte Drittel der Barkasse, das kieloben trieb, aber nicht sank, und dazwischen erblickte er die Köpfe der anderen, die wie Korken auf dem aufgewühlten Wasser hüpften. Er hörte Juan und Miss McCrooder schreien und gleich darauf erkannte er auch Ben, Chris und schließlich auch André. Von McIntire und den drei Besatzungsmitgliedern der Barkasse war keine Spur zu entdecken. Mike hoffte inständig, dass sie nicht ertrunken oder bei dem Zusammenstoß ums Leben gekommen waren.

Doch auch er selbst befand sich keineswegs außer Gefahr. Zwar konnte er sich im Moment mühsam an der Oberfläche halten, aber die Kälte drang weiter in seinen Körper ein und lähmte seine Muskeln. Er wusste, dass er nicht die Kraft haben würde, bis zum Ufer zurückzuschwimmen. Also hielt er nach einem größeren Trümmerstück Ausschau und kraulte los.

Etwas zupfte an seinem Bein und Mikes Herz machte einen erschrockenen Sprung in seiner Brust. Plötzlich musste er wieder an das Zyklopengesicht denken, das er für eine Sekunde zu sehen geglaubt hatte. Er bemühte sich, noch schneller zu schwimmen. Nur ein kleines Stück von ihm entfernt tauchte Juan auf und nahm Kurs auf das gleiche Trümmerstück. Der junge Spanier hatte tatsächlich die Kraft, den Arm aus dem Wasser zu heben und ihm zuzuwinken.

Wieder berührte etwas seinen Fuß. Mike sah nach hinten – und schrie entsetzt auf!

Es war keine Halluzination gewesen! Aus dem Wasser tauchte eine dreifingrige Pranke auf und schmiegte sich um sein rechtes Fußgelenk, und dann wurde er auch schon mit einem so harten Ruck in die Tiefe gezerrt, dass er wieder aufschrie und seine kostbare Atemluft in einem Strom silberner Blasen vor seinem Gesicht in die Höhe stieg.

Unbarmherzig wurde er weiter nach unten gezerrt. Mike schlug und trat wie von Sinnen um sich. Sein freier Fuß traf den Kopf des riesenhaften Ungeheuers, das sein rechtes Bein umklammert hielt, mehrmals hintereinander, aber ohne das allergeringste Ergebnis. Im Gegenteil – es war, als hätte er gegen Stahl getreten. Ein scharfer Schmerz zuckte durch seinen Fuß.

Alles begann sich um Mike zu drehen. In seinen Ohren rauschte das Blut und sein Herz pochte so hart, als wollte es aus seiner Brust herausspringen. Sein Blick begann sich zu verschleiern. Wie durch einen immer dichter werdenden Nebel sah er, dass plötzlich ein zweites, zyklopenäugiges Ungeheuer neben ihm auftauchte und die Hände ausstreckte. Etwas Dunkles, Unförmiges näherte sich seinem Gesicht.

Mike erkannte nicht mehr, was es war. Er verlor das Bewusstsein. Seine Arme und Beine hörten auf wild durch das Wasser zu peitschen, während sein Körper reglos auf den schlammbedeckten Grund des Hafenbeckens hinabsank.

Wenn er gestorben war, dann war der Tod vollkommen anders, als man ihn sich im Allgemeinen vorstellte. Mike erwachte nicht auf Wolken gebettet und zu den Klängen einer himmlischen Laute, sondern auf einer unbequemen Pritsche aus Metall liegend, und in seinen Ohren war das Dröhnen eines schweren Motors. Der Geruch von heißem Öl und frischer Farbe lag in der Luft und er hatte erbärmliche Kopfschmerzen. Nein – im Himmel war er nicht.

Mike öffnete stöhnend die Augen und blickte gegen eine Decke aus weiß gestrichenem Metall, von der hier und da schon die Farbe abblätterte. Das Nächste, was er sah, war Miss McCrooders Gesicht, aus dem ein Paar dunkler, sehr besorgter Augen auf ihn herabblickte. Ihr Haar war nass und sie trug nicht mehr das wollene Winterkleid und die modische, allerdings viel zu dünne Jacke, sondern war in eine grobe graue Decke eingehüllt. Sie zitterte am ganzen Leib.

Mike richtete sich mit einem so plötzlichen Ruck auf, dass ihm prompt schwindelig wurde und er mit einem Stöhnen wieder zurücksank. Seine Kopfschmerzen wurden schlimmer. Ertrinken war offensichtlich kein sehr angenehmer Tod, dachte er. Wenigstens nicht, wenn man ihn überlebte.

»Beweg dich nicht«, sagte Miss McCrooder. »Du wärst fast ertrunken, weißt du das?«

Die Warnung kommt ein wenig spät, dachte Mike, während er mit zusammengebissenen Zähnen darauf wartete, dass seine Kopfschmerzen wieder auf ein erträgliches Maß sanken. Dann setzte er sich ein zweites Mal auf, diesmal aber entsprechend vorsichtiger. Er sah, dass sie sich in einem winzigen Raum befanden, der keine Fenster hatte und kaum Platz für sein Bett und den niedrigen Hocker bot, auf dem Miss McCrooder saß. Wände, Decken und Fußboden bestanden aus Metall. Offensichtlich waren sie an Bord eines Schiffes.

»Wo sind wir?«, murmelte er verwirrt. »Wie sind wir hierher gekommen, und wie –«

Plötzlich funktionierten seine Erinnerungen wieder und Mike fuhr erschrocken zusammen. »Haben die Ungeheuer Sie auch erwischt?«, stieß er hervor. »Und was ist mit den anderen?«

»Ungeheuer? Was für Unge–« Miss McCrooder verstummte mitten im Wort, dann lächelte sie kurz. »Ja, vermutlich könnte man sie so nennen«, fuhr sie fort. Sie seufzte. »Wo wir sind, kann ich dir auch nicht genau sagen. Aber deine Freunde sind ganz in der Nähe.«

Nun verstand Mike überhaupt nichts mehr. Doch bevor er eine entsprechende Frage stellen konnte, wurde die Tür ihres Gefängnisses geöffnet und eine hoch gewachsene Gestalt in dunkelblauer Kapitänsuniform betrat den Raum. Hinter ihm erschienen zwei Matrosen in gestreiften Hemden, die aber nicht hereinkamen.

Mike riss erstaunt die Augen auf, als er den Mann erkannte. »Kapitän Winterfeld!«, rief er. »Gott sei Dank, dass Sie –«

Er sprach nicht weiter, als er den Ausdruck auf Winterfelds

Gesicht gewahrte. Allmählich dämmerte ein schrecklicher Verdacht in ihm.

Dafür fuhr Miss McCrooder wütend auf ihn los. »Sie Wahnsinniger! Wissen Sie, dass er um ein Haar ums Leben gekommen wäre? Es ist ein reines Wunder, dass wir nicht alle umgekommen sind!«

»Ich weiß«, antwortete Winterfeld. »Ich bedaure die Umstände. Glauben Sie mir, dass ich andere Befehle erteilt hatte. Niemand sollte in Gefahr gebracht werden.«

»Das haben wir gemerkt«, sagte Miss McCrooder spitz. »Die Verantwortlichen werden bestraft werden«, sagte Winterfeld ruhig. »Darüber hinaus kann ich Ihnen versichern, dass niemand ernstlichen Schaden genommen hat.« Er wandte sich an Mike.

»Nun zu dir, mein junger Freund. Fühlst du dich in der Lage, ein paar Fragen zu beantworten?«

»Ist das ... wahr?«, flüsterte Mike fassungslos. »Stimmt das, dass Sie hinter allem stecken?« Er konnte es nicht glauben. Nicht Kapitän Winterfeld! Warum um alles in der Welt sollte ausgerechnet Kapitän Winterfeld versuchen sie umzubringen?

»Ich sehe, du bist in der Lage dazu«, sagte Winterfeld kalt, ohne auf seine Frage einzugehen. »Dann komm mit!«

Mike schwang die Beine von der Liege. Sich zu widersetzen hatte nach alledem wohl kaum einen Sinn. Auch Miss McCrooder wollte sich erheben, doch Winterfeld winkte ab. »Ich denke, Michael und ich kommen für einen Moment allein klar«, sagte er. »Danke.« Sie verließen die Kabine und traten auf einen schmalen Gang hinaus. Das Pochen schwerer Maschinen wurde lauter und Mike, der wie Miss McCrooder statt seiner nassen

Sachen nur eine grobe Wolldecke trug, spürte ihr mächtiges Vibrieren durch die nackten Fußsohlen hindurch, wie das Schlagen eines großen, eisernen Herzens. Auch hier gab es keine Fenster. Das Licht kam von einer Anzahl elektrischer Glühbirnen unter der Decke.

Mike fragte sich, wo sie waren. Winterfelds Anblick hatte ihn im ersten Moment glauben lassen, er wäre an Bord der LEOPOLD aufgewacht – aber dafür war hier alles viel zu klein und beengt und die Luft zu stickig.

Der Korridor war nicht sehr lang. Mehrmals mussten sie sich durch niedrige, aus schweren Eisenplatten bestehende Türen ducken, doch Mike begriff erst, wo sie sich befanden, als sie an einer offen stehenden Tür vorbeikamen – und er sich unversehens den beiden Ungeheuern gegenübersah, auf die er im Hafen gestoßen war!

Sie waren noch größer, als er geglaubt hatte, gute zwei Meter, und mit einer unglaublichen Schulterbreite. Ihre Haut war rau wie gegerbtes Leder, die Köpfe selbst für die riesigen Gestalten viel zu groß und kugelrund, und sie hatten tatsächlich nur ein einziges, wenn auch gute zwanzig Zentimeter durchmessendes Auge. Und natürlich waren es keine Riesen oder irgendwelche Ungeheuer. In der kleinen Kammer, in die Mike blickte, hingen zwei Taucheranzüge; schwere Rüstungen mit wuchtigen Kupferhelmen, in die eine runde Glasscheibe eingelassen war. Und im selben Augenblick, in dem Mike dies begriff, wusste er auch, wo er war.

»Das ... das ist ein Unterseeboot!«, sagte er erstaunt. »Wir sind auf einem Tauchboot, nicht wahr?«

Kapitän Winterfeld lächelte anerkennend. »Ich habe immer gewusst, dass du ein kluger Bursche bist«, sagte er.

Sie gingen weiter, durchquerten einen runden, mit allerlei technischen Apparaturen voll gestopften Raum, der wohl die Brücke des Tauchbootes darstellte, und betraten schließlich eine winzige Kabine, die gerade Platz für ein Bett, einen Stuhl und einen Schreibtisch bot. Winterfeld setzte sich und schickte die beiden Matrosen fort. Mike musste stehen bleiben, allerdings nicht aus Unhöflichkeit: die Kabine war einfach nicht groß genug für einen zweiten Stuhl.

»Schließ die Tür, Michael«, sagte Winterfeld.

»Mein Name ist Mike«, sagte Michael ärgerlich, »nicht Michael.« Trotzdem tat er, was Winterfeld von ihm verlangte.

»Nein«, antwortete Winterfeld mit einem sonderbaren Lächeln, »das ist er nicht. Aber dazu später.« Er lehnte sich in seinem Stuhl zurück, verschränkte die Arme vor der Brust und maß Mike mit einem nachdenklichen Blick.

»Ich will es kurz machen«, begann er schließlich. »Ich habe dich entführen lassen, weil ich etwas Bestimmtes von dir will. Ich nehme an, du weißt nicht, dass dein Vater bei einem Notar in London Papiere für dich hinterlegt hat, die dir an deinem einundzwanzigsten Geburtstag übergeben werden sollen. Ich bin nun in den Besitz dieser Dokumente gelangt – wie, das ist jetzt nebensächlich.«

Er senkte den Blick auf den mit Papieren und Blättern übersäten Schreibtisch und Mike versuchte zu erkennen, was auf ihnen geschrieben stand.

Die meisten Blätter waren eng mit einer unleserlichen Hand-

schrift bekritzelt und schienen außer Text auch eine Unzahl komplizierter Formeln und Gleichungen zu enthalten. Bei einigen wenigen Blättern handelte es sich ganz offensichtlich um Seekarten.

»Wie es scheint«, fuhr Winterfeld nach einer kurzen Pause fort und seufzte, »nützen mir diese Papiere allein gar nichts. Dein Vater hat sie nämlich in einem Code abgefasst, den wohl nur du lesen kannst. Du verstehst jetzt mein Problem?«

»Ja«, antwortete Mike, »aber ich muss Sie enttäuschen. Ich weiß nichts von einem Code.« Er nahm eines der Blätter zur Hand und studierte es ein paar Sekunden lang aufmerksam. Dann verbiss er sich mit Mühe ein Grinsen. Tatsächlich war die Schrift scheinbar unleserlich – aber eben nur scheinbar. Was Winterfeld für einen Code hielt, das war nichts anderes als Sanskrit, die indische Schrift, deren Buchstaben dem unkundigen Auge tatsächlich wie die verschlungenen Symbole einer Geheimschrift erscheinen mochten. Es handelte sich um einen kaum bekannten – und fast ausgestorbenen – Dialekt. Sein Vormund hatte darauf bestanden, dass er ihn lernte, und bis zu diesem Moment hatte Mike niemals eingesehen, wozu das gut sein solle. Jetzt glaubte er es allmählich zu begreifen.

Als er das Blatt wieder senkte, begegnete er Winterfelds Blick, und was er darin las, das ließ ihn seine Schadenfreude auf der Stelle wieder vergessen. »Versuche bitte nicht mich für dumm zu verkaufen, Michael«, sagte Winterfeld. »Ich weiß sehr wohl, dass diese Papiere in deiner Muttersprache abgefasst sind. Für so etwas gibt es Dolmetscher, die sie mir mühelos übersetzen. Aber deine Dolmetscher sagen, die Texte ergeben keinen Sinn. Sie sind in einem Code abgefasst.«

Mike sah noch einmal genau hin und musste zugeben, dass Winterfeld Recht hatte. Er verstand zwar die Sprache, in der die Papiere abgefasst waren – aber der Text war trotzdem ein einziges Durcheinander.

»Ich weiß wirklich nichts von einem Code«, sagte er. »Ich kann das auch nicht lesen.«

»Lüg mich nicht an!«, sagte Winterfeld streng. »Dein Vater wird sich kaum all diese Mühe gemacht haben, wenn er wusste, dass du es nicht lesen kannst!«

»Vielleicht ... ist er nicht mehr dazu gekommen, mir alles zu erzählen«, meinte Mike. »Er und meine Mutter kamen bei einem Unfall ums Leben, als ich –«

»Das weiß ich«, unterbrach ihn Winterfeld ungeduldig. »Er hat diese Papiere ein Jahr vor seinem Tod hinterlegt. Jemand, der so umsichtig ist, wird dann kaum vergessen, dem, für den sie bestimmt sind, die Schlüssel auszuhändigen, oder?«

Winterfelds Worte klangen so logisch, dass Mike nicht mehr widersprach. Er fühlte sich hilflos. Er hatte die Wahrheit gesagt, aber er wusste auch, dass Winterfeld ihm gar nicht glauben konnte, so wie die Dinge lagen. Plötzlich fiel ihm etwas ein. »An dem Tag, als Sie Paul abholten, sind meine Sachen durchsucht worden«, sagte er. »Das geschah in Ihrem Auftrag, nicht wahr?«

»Ja«, gab Winterfeld ungerührt zu. »Aber nun etwas anderes.« Er beugte sich vor, grub eine Karte aus dem Papierstapel auf dem Tisch aus und hielt sie Mike hin. »Ich nehme an, das hier sagt dir auch nichts?«, blaffte er.

Mike nahm die Karte zögernd entgegen und studierte sie aufmerksam. Er erkannte, dass es sich um eine Seekarte handelte, die ein Stück einer Küstenlinie und eine Anzahl kleiner Inseln zeigte, aber damit hörte es auch schon auf. Das einzig Auffällige daran war vielleicht das Material, auf dem sie gezeichnet war. Anstelle von Papier hatte der Zeichner dünnes, beinahe durchsichtiges Pergament verwendet, das unter den Fingern knisterte und so brüchig war, dass Mike fast befürchtete, es würde unter seiner Berührung einfach zerkrümeln. Sehr behutsam legte er die Karte auf den Tisch zurück und schüttelte den Kopf.

Winterfeld beherrschte sich jetzt nur noch mühsam. So zornig, als wolle er ein Loch hineinbohren, stieß er mit dem Zeigefinger auf die Karte herab. »Das hier ist Kuba und diese Linie hier stellt die südamerikanische Ostküste dar. Sagt dir das vielleicht etwas?«

»Nein«, antwortete Mike. »Wirklich nicht.«

Mike begriff tatsächlich nicht, was all diese Papiere und Karten zu bedeuten hatten. Er wusste zwar, dass sein Vater zweimal im Leben zur See gefahren war, aber doch nur als Passagier auf einem Schiff, um von Indien nach England zu gelangen und zurück. Was sollte er mit all diesen Seekarten und geheimnisvollen Formeln?

»Du machst es mir wirklich nicht leicht, Michael«, sagte Winterfeld wütend. »Bei den Papieren war ein Brief deines Vaters an dich, der besagte, dass du diese Karte entschlüsseln kannst. Also sollte deine Vernunft dir sagen, dass es vollkommen sinnlos ist, mich zu belügen. Früher oder später finde ich doch heraus, was diese Karten bedeuten. Einen Unterschied macht es nur für dich und deine Freunde. Mir ist es ziemlich gleich, ob ich euch irgendwo in England wieder an Land setze oder auf einer einsamen Insel in der Karibik.«

»Die anderen?«, Mike erschrak. »Sie haben die anderen auch entführt?«

»Mir blieb keine andere Wahl«, sagte Winterfeld ruhig, »nachdem sich der Kapitän des Schleppers so ungeschickt anstellte, musste alles auch offiziell nach einem Unfall aussehen. Nur du solltest von den anderen abgesondert und aufgenommen werden. Aber so ... unglückseligerweise hat einer deiner Kameraden den Taucher gesehen.«

»Und was haben Sie mit uns vor?«, fragte Mike.

»Nichts«, antwortete Winterfeld. »Ihr bleibt für eine Weile meine Gäste, das ist alles. Wenige Monate, vielleicht sogar nur noch Wochen.«

»Aber ich weiß doch nichts!«, protestierte Mike.

Winterfeld schüttelte den Kopf und begann die Papiere zusammenzusortieren. »Vielleicht sagst du sogar die Wahrheit«, sagte er etwas ruhiger. »Vielleicht weißt du wirklich nichts. Aber ich bin sicher, dass du herausfinden kannst, was das alles bedeutet. Nun, du wirst Zeit genug haben, darüber nachzudenken. Ich werde dich hier behalten, bis ich diese Karten entschlüsselt habe – egal, ob allein oder mit deiner Hilfe.«

»Ich würde es nicht einmal tun, wenn ich es könnte«, sagte Mike zornig.

»Das glaube ich dir sogar«, antwortete Winterfeld. »Und ich verstehe es. Aber wenn dir dein eigenes Schicksal schon gleich ist, dann denk doch wenigstens an deine Freunde.«

Mike spürte, wie ihm das Blut ins Gesicht schoss. »Sie sind ein –«

Winterfeld hob befehlend die Hand. »Bitte, Michael! Es nutzt keinem von uns, wenn du mich beleidigst. Geh jetzt zurück zu deinen Freunden. Ihr könnt ja gemeinsam darüber nachdenken, ob ihr unbedingt Lust habt, mich und dieses Schiff in die Karibik zu begleiten oder nicht.«

Er machte eine ungeduldige Handbewegung und Mike stand auf und wandte sich zur Tür. Aber auf halbem Wege blieb er wieder stehen und wandte sich zu Winterfeld um. »Darf ich noch eine Frage stellen?«

Winterfeld sah von seinen Papieren auf. Er schwieg.

»Was ist mit Paul?«, fragte Mike. »Hat er von alledem hier gewusst?«

»Paul?« Winterfeld lächelte. »Nein. Ich habe ihm erzählt, dass aus dem geplanten Ausflug nichts geworden ist. Er war ziemlich traurig. Aber er weiß nichts. Darauf gebe ich dir mein Ehrenwort.«

Miss McCrooder war nicht mehr in der Kabine, als Mike zurückgebracht wurde. Dafür lagen auf der Pritsche trockene, sauber zusammengefaltete Kleider, die Mike anzog, froh, endlich mit mehr als nur einer Decke bekleidet zu sein. Einige Augenblicke später wurde ihm etwas zu essen gebracht, und noch bevor er seine Mahlzeit völlig beendet hatte, nahm das Unterseeboot fühlbar Fahrt auf. Eine Viertelstunde später wurde die Tür geöffnet und die beiden Matrosen kamen, um ihn abzuholen. Auf dem Weg nach oben begegnete er auch Miss McCrooder wieder, doch alles ging viel zu schnell, als dass sie

Gelegenheit gefunden hätten, auch nur ein Wort miteinander zu wechseln. Ihre Bewacher bugsierten sie zu einer Leiter, über die sie steil in die Höhe und durch einen kurzen, metallenen Turm kletterten.

Es war dunkel, als sie aus der Luke herausstiegen. Mike hatte erwartet, an Bord der LEOPOLD gebracht zu werden, doch das Tauchboot war neben einem uralten, rostigen Frachter längsseits gegangen.

Obwohl Mike vor Kälte und Aufregung zitterte, sah er sich aufmerksam um, während er über die schmale Strickleiter zum Deck des größeren Schiffes hinaufstieg. Viel gab es allerdings nicht zu entdecken. Es war spät in der Nacht und sie befanden sich mehr als eine Meile von der Küste entfernt. Winterfeld konnte nicht riskieren, einer Patrouille in die Hände zu fallen. Allein das Risiko, mit diesem Tauchboot die Themse hinauf bis in den Hafen von London zu fahren, musste ungeheuer groß gewesen sein.

Die Geschichte kam Mike immer rätselhafter vor. Natürlich hatte er schon von Unterseebooten gehört – nicht nur die deutsche Kriegsmarine, sondern auch etliche andere Staaten verfügten über einige dieser gepanzerten Schiffe, die zwanzig oder auch fünfzig Meter unter der Wasseroberfläche zu fahren vermochten und tagelang dort bleiben konnten, wenn es erforderlich war. Ein solches Schiff musste unvorstellbar kostbar sein. Was um alles in der Welt glaubte Winterfeld in diesen Papieren zu finden, dass er tatsächlich eines dieser Schiffe aufs Spiel setzte, nur um Mikes habhaft zu werden?

Kräftige Hände streckten sich ihm entgegen und halfen ihm,

die letzten anderthalb Meter zu überwinden. Mike wurde wenig sanft auf dem Deck abgesetzt und auf eine Tür zugestoßen, hinter der eine eiserne Treppe steil in die Tiefe führte. Die wenigen Blicke, die er zuvor in die Runde hatte werfen können, bestätigten seinen ersten Eindruck: Sie befanden sich auf einem großen, schon etwas betagten Frachter, der durchdringend nach Fisch stank und sichtbar schon bessere Zeiten erlebt hatte. Einige der Aufbauten waren unter Planen versteckt und hatten Formen, die nicht besonders friedlich aussahen, und die Worte, die sich die Matrosen zuwarfen, waren deutsch.

Sie wurden die Treppe hinunter und in einen Raum am Ende eines langen Korridores getrieben, wo Mike eine Überraschung erlebte: An einem kleinen Tisch in der Mitte des Raumes saßen Juan, André und Ben und in einer Ecke hockte, in eine Decke eingerollt, zitternd und die Knie an den Körper gezogen, aber unverletzt, Chris.

Die Wiedersehensfreude hielt sich in Grenzen. Vor allem Juan beschränkte sich darauf, Mike die Hand zu schütteln und sich nach seinem Befinden zu erkundigen. Und er war auch der Erste, der sein Misstrauen ganz offen in Worte kleidete.

»Wo bist du die ganze Zeit über gewesen?«, fragte er. »Uns haben sie alle zusammen hergebracht – schon vor ein paar Stunden übrigens.«

Mike überlegte kurz, dann entschloss er sich, die Wahrzeit zu sagen, und erzählte Juan und den anderen, wie es ihm ergangen war. Die Jungen staunten nicht schlecht, aber sie schenkten ihm offensichtlich Glauben. Schließlich hatte zumindest Juan die Taucher ebenfalls gesehen.

»Was zum Teufel ist mit diesen Papieren, dass sie so wichtig sind?«, fragte Ben, nachdem Mike mit seinem Bericht zu Ende gekommen war. »Ist dir überhaupt klar, was Winterfeld als Deutscher mit unserer Entführung in dieser Zeit riskiert?«

»Jetzt ... übertreibst du aber«, sagte Mike stockend. Er fuhr sich nervös mit der Zungenspitze über die Lippen. So hatte er die Sache noch gar nicht gesehen.

»Kaum«, sagte Juan grimmig. Er deutete auf Ben. »Er hat völlig Recht. Ich weiß ja, dass Politik dich nicht interessiert, aber im Moment gibt es derartige Spannungen zwischen Großbritannien und dem Deutschen Kaiserreich, dass diese Sache hier leicht ins Auge gehen kann!«

Jetzt verspürte Mike einen eisigen Schauer. Wenn Juan Recht hatte, dann spielte Winterfeld nicht nur mit seinem und dem Leben der anderen, sondern mit der Existenz ganzer Völker. Aber warum nur?

»Findest du nicht, dass es an der Zeit ist, uns Verschiedenes zu erklären?«, sagte Juan plötzlich.

Mike sah ihn verwirrt an. »Was soll das heißen?«

»Versuch nicht, uns für dumm zu verkaufen!«, antwortete Juan scharf. »Was will Winterfeld von dir, Mike? Immerhin wären wir fast ertrunken deinetwegen. Du könntest uns wenigstens verraten, warum.«

»Aber ich weiß es wirklich nicht!«, sagte Mike.

»Das reicht jetzt!«, fiel Miss McCrooder scharf ein. »Mike hat gesagt, dass er es nicht weiß, und ich glaube ihm. Warum sollte er uns etwas vormachen?«

Juan starrte trotzig zu ihr hoch und setzte zu einer Entgegnung an, aber in diesem Moment erhielten sie von unerwarteter Seite Schützenhilfe: Chris, der bis jetzt völlig reglos in seiner Ecke gesessen und scheinbar gar nicht mitbekommen hatte, worum es bei dem Streit überhaupt ging.

»Miss McCrooder hat Recht!«, sagte er heftig. »Lass Mike in Ruhe. Er kann nichts dafür. Um ein Haar wäre er selber ums Leben gekommen – das hast du selbst gesagt.«

Juan blinzelte. »So?«, fragte er schließlich lang gedehnt.

»Ja, so!«, versetzte Chris zornig. »Außerdem kann uns gar nichts passieren. Spätestens in ein paar Stunden ist bestimmt die Polizei hier und holt uns raus.«

»Wie kommst du denn auf die Idee?«, erkundigte sich Juan hämisch. »Die wissen doch nicht mal, dass wir hier sind!«

»Aber sie wissen, dass wir zur LEOPOLD unterwegs waren«, versetzte Chris mit einem Scharfsinn, den ihm niemand zugetraut hätte. »Wenn wir nicht zurückkommen, dann werden sie sich diesen Winterfeld schon vorknöpfen, da wette ich drauf!«

»Ich fürchte, diese Wette würdest du verlieren«, murmelte André.

Mike drehte sich überrascht zu ihm herum. Auf Miss McCrooders Gesicht erschien ein sorgenvoller Ausdruck. »Wie meinst du das?«, fragte sie.

André antwortete mit gesenktem Blick und sehr leise: »Ich fürchte, niemand wird uns auf der LEOPOLD suchen. Oder auch nur in der Nähe. Weil niemand weiß, dass wir dorthin wollten.«

»Unsinn!«, widersprach Mike. Er begann nervös mit dem kleinen Amulett zu spielen, das an einer Kette um seinen Hals hing. »McIntire hat –«

»McIntire«, unterbrach ihn André, nun mit fester Stimme, »gehört wahrscheinlich dazu.«

»Quatsch!«, entfuhr es Mike. Ben lachte schrill, aber Juan, Chris und Miss McCrooder starrten den jungen Franzosen aus erschrocken aufgerissenen Augen an.

»Wie kannst du das wissen?«, fragte Miss McCrooder.

»Hört zu«, sagte André. »Ich habe mir nichts dabei gedacht, deshalb habe ich bisher nichts davon gesagt – aber heute Morgen habe ich gehört, wie McIntire dem Fahrer erzählt hat, dass er mit uns eine Hafenrundfahrt machen will. Kein Wort von Winterfeld oder der LEOPOLD. Wenn er das allen erzählt hat, dann ... dann denken sie jetzt, es wäre ein ganz normaler Unfall gewesen. Niemand wird auch nur auf die Idee kommen, dass wir entführt worden sind.«

Ein erschrockenes, fast atemloses Schweigen breitete sich in der Kabine aus. Es war Juan, der dieses Schweigen schließlich brach.

»Wisst ihr, was das bedeutet?«, fragte er. Niemand antwortete und Juan fuhr mit leiser, zitternder Stimme fort: »Wenn Winterfeld dafür gesorgt hat, dass niemand weiß, was wirklich mit uns passiert ist, dann wird er auch dafür sorgen, dass das so bleibt. Er kann uns gar nicht wieder gehen lassen.« Er überlegte einen Moment. »Vielleicht besaß dein Vater irgendetwas, was für die Deutschen von großem Wert ist«, sagte er dann zu Mike gewandt. »Immerhin könnte es sein, dass demnächst ein Krieg ausbricht.«

»Jetzt fang nicht schon wieder damit an!«, beschwerte sich André.

Mike schüttelte den Kopf: »Das kann nicht sein«, sagte er. »Mein Vater war ein friedlicher Mann, der bestimmt nichts mit Krieg oder Waffen im Sinn gehabt hat.«

»Woher willst du das wissen?«, fragte Ben. »Du hast ihn doch überhaupt nicht gekannt.«

»Ich weiß es eben«, antwortete Mike scharf. »Außerdem habe ich genug über ihn gehört. Was soll er schon besessen oder erfunden haben? Irgendeine Geheimwaffe vielleicht?«

»Möglich«, sagte Ben gelassen. »Auf jeden Fall ist da eine ganz große Sache im Gange, das könnt ihr mir glauben. Winterfeld hat bestimmt nicht umsonst so viel riskiert.«

Mike blickte ihn niedergeschlagen an. Bens Worte trafen den Kern der Sache. Seine Gedanken drehten sich immer schneller im Kreis. Er verstand einfach nicht, warum Winterfeld ihn hatte entführen lassen.

Und dabei blieb es für die nächsten beinahe fünf Wochen.

Es war einer jener Tage gewesen, an denen sie unter Deck zu bleiben hatten. Winterfeld hatte Mike durch einen der Matrosen ausrichten lassen, dass er ihn am Abend zu sehen wünsche, um – wie er es ausdrückte – die neueste Entwicklung der ganzen Angelegenheit mit ihm zu erörtern, was bedeutete, dass er ihn wieder nach dem Code fragen und Mike ihm neuerlich versichern würde, dass er nach wie vor keine Ahnung habe, was die Papiere seines Vaters bedeuteten, und Winterfeld damit konterte, den Moment ihrer Freilassung erneut in unbekannte Fernen zu verschieben. Zweimal hatte in den vergangenen Wochen so ein Gespräch stattgefunden.

Von diesen unerfreulichen Episoden einmal abgesehen, hatte sich ihre »Gefangenschaft« jedoch völlig anders entwickelt, als Mike oder die anderen erwartet hatten. Im Grunde wurden sie überhaupt nicht als Gefangene behandelt. Ganz im Gegenteil. Nachdem das Schiff die britischen Hoheitsgewässer verlassen und seine unfreiwilligen Passagiere den Schock des Entführtwerdens überwunden hatten, begannen sie ihren Aufenthalt an Bord beinahe zu genießen. Mit Ausnahme weniger Gelegenheiten, bei denen sie den Kurs eines anderen Schiffes gekreuzt oder einen Hafen angelaufen hatten, um frische Vorräte oder Kohle zu bunkern, durften sie sich an Bord nahezu frei bewegen. Sie verbrachten viel Zeit an Deck, und je weiter sie nach Süden kamen, desto mehr holten sie den Sommer wieder ein. Auch die Mannschaft, von der die meisten wahrscheinlich Elitesoldaten waren, die Winterfeld vermutlich höchstpersönlich für dieses Unternehmen ausgesucht hatte, erwies sich als unerwartet freundlich. Ganz eindeutig hatte Winterfeld Anweisung gegeben, sie so zuvorkommend wie möglich zu behandeln.

Von diesen wenigen Einschränkungen einmal abgesehen, waren Mike die letzten fünf Wochen beinahe wie Ferien vorgekommen und er wusste, dass es auch den anderen so erging. Selbst Miss McCrooder, die während der ersten Tage sehr schweigsam und besorgt gewesen war, hatte sich zunehmend entspannt. In der letzten Zeit hatte Mike sie immer öfter an Deck gesehen und ein paar Mal sogar lachen gehört. Auch wenn Mike sich dieses Gedankens beinahe selbst schämte – sie hätten es weit schlimmer treffen können.

Mike schrak für eine Sekunde aus seinen mehr oder weniger düsteren Gedanken hoch, als er das Geräusch der Tür hörte, warf einen Blick über die Schulter zurück und wandte sich dann wieder dem Bild vor dem Bullauge zu, als er sah, dass es nur einer der Matrosen war, der das Essen gebracht hatte.

Sein Blick glitt über die weißen Fassaden der Hafengebäude, die draußen im Licht der Mittagssonne schimmerten. Er fragte sich, welche Stadt es wohl sein mochte: Rio de Janeiro, Caracas, Panama ... Aus aufgeschnappten Bemerkungen der Mannschaft, eigenen Beobachtungen – und vor allem hatte das immer wärmer werdende Wetter dazu beigetragen – hatten sie sich zwar zusammengereimt, dass das Schiff in irgendeinem südamerikanischen Hafen vor Anker lag, aber natürlich hatten die Männer auf ihre diesbezüglichen Fragen beharrlich geschwiegen. Und seit zwei Tagen standen wieder Wachen vor der Tür ihrer Quartiere, die sie nicht verlassen durften, ehe das Schiff nicht wieder ausgelaufen war und eine gehörige Distanz zwischen sich und die Küste gebracht hatte.

Der Matrose klapperte hinter ihm immer heftiger mit dem Geschirr und Mike wandte abermals den Blick – und stutzte. Der Mann war gerade zum dritten Mal dabei, unter heftigem Klirren und Lärmen Tassen und Teller vom Tablett auf den Tisch und zurück zu stellen. Er hatte den Kopf gesenkt, versuchte aber trotzdem Mike einen beschwörenden Blick zuzuwerfen.

Mike wurde schlagartig klar, dass der Mann seine Aufmerksamkeit erregen wollte, aber es nicht wagte, ihn einfach anzusprechen, denn vor der Tür der Kabine, die offen stand wie immer, wenn jemand hereinkam, um ihnen Essen zu servieren, das gebrauchte Geschirr abzuholen oder eine Nachricht zu überbringen, standen zwei Soldaten Wache. Sie unterhielten sich lautstark und lachten, aber trotzdem mussten sie jedes Wort hören, das hier drinnen gesprochen wurde. Mike warf einen raschen Blick zu Chris hinüber, mit dem er sich die Kabine teilte, stellte fest, dass er zusammengerollt auf seiner Liege lag und fest schlief, und drehte sich dann herum, um mit langsamen Schritten zum Tisch zu gehen. Dabei behielt er unauffällig die Tür im Auge. Die beiden Männer dort draußen redeten noch immer, aber einem von ihnen war aufgefallen, dass das Servieren des Mittagessens etwas lange dauerte, denn er sah genau in diesem Moment misstrauisch zu ihm herein.

»Was gibt es denn heute?«, fragte Mike, während er sich dem Tisch näherte. »Schon wieder Gemüsesuppe?«, fragte er übertrieben laut und missmutig. Er hob den Deckel von der Suppenterrine und schnupperte hörbar. »Fällt dem Koch eigentlich gar nichts Neues mehr ein?«

Der Mann an der Tür grinste und wandte sich wieder seinem Kameraden zu und Mike wagte es, dem Steward vor sich direkt ins Gesicht zu blicken. Seltsam – er war sicher, den Mann noch nie zuvor hier an Bord gesehen zu haben; und trotzdem kam er ihm irgendwie bekannt vor. Mike runzelte fragend die Stirn.

»Heute Abend«, flüsterte der Matrose, während er vom Tisch zurücktrat und sich das leere Tablett unter den Arm klemmte. »Eine Stunde nach Mitternacht. Seid bereit.«

Mike riss verwirrt die Augen auf, aber er bekam keine Gelegenheit zu einer Frage, denn der Matrose drehte sich schnell herum und verließ mit gesenktem Blick die Kabine. Mike fiel auf, dass seine Haut merklich dunkler war als die der beiden Posten vor der Tür.

Eine Stunde nach Mitternacht, wiederholte Mike in Gedanken. Das konnte doch nur heißen ...

Kaum hatten die beiden Soldaten die Tür hinter dem vermeintlichen Steward geschlossen, da fuhr Mike herum, lief zu Chris' Koje und schüttelte seinen Mitgefangenen wach.

Chris schlug seine Hand zur Seite, versuchte sich herumzudrehen, um weiterzuschlafen. Mike hatte nie zuvor einen Menschen getroffen, der so viel schlafen konnte wie Chris und trotzdem ununterbrochen müde war. Aber Mike ließ nicht locker, sondern packte Chris kurzerhand bei den Schultern und zerrte ihn mit sanfter Gewalt in die Höhe.

»Verdammt!«, flüsterte er hastig. »Mach endlich die Augen auf! Wir müssen zu den anderen! Es ist etwas passiert!«

»Hm?«, machte Chris. Mike versuchte nicht Chris irgendetwas zu erklären, sondern zerrte ihn vollends in die Höhe und schubste ihn vor sich her zur Tür. »Komm mit!«

Irgendwo auf halbem Weg schien Chris dann wohl doch aufzuwachen, denn er streifte Mikes Hand ab und blieb vor dem Tisch stehen. »Das Essen ist ja schon da!«, sagte er überrascht. »Ist es schon so spät?«

»Ja«, antwortete Mike ungeduldig und zerrte ihn weiter. »Aber dafür ist jetzt keine Zeit. Wir müssen zu den anderen. Und kein Wort!«

Chris blinzelte verwirrt, aber Mike hatte schon die Tür erreicht und riss sie auf Die beiden Wachen draußen unterbrachen überrascht ihr Gespräch und drehten sich zu ihm herum, aber Mike ignorierte sie einfach.

»Das lasse ich mir nicht länger gefallen!«, sagte er laut und in so zornigem Tonfall, wie er nur konnte. »Den Fraß kriegt ja keiner herunter! Ich spreche mit den anderen und danach knöpfen wir uns diesen Küchenknaben vor! Auch ein Gefangener hat ein Recht auf vernünftiges Essen!«

Der Soldat grinste breit, wobei er eine gewaltige Zahnlücke entblößte, machte aber dann eine auffordernde Bewegung und Mike eilte weiter, Chris noch immer am Arm haltend. Er hörte, wie der Mann hinter ihm eine spöttische Bemerkung auf Deutsch zu seinem Kameraden machte, worauf beide in schallendes Gelächter ausbrachen. Wahrscheinlich hielten sie ihn jetzt für völlig übergeschnappt.

Ohne anzuklopfen platzte er in die gegenüberliegende Kabine, wo die drei anderen bereits zum Essen Platz genommen hatten. Alle sahen überrascht auf, als Mike so hereinpolterte, aber er machte eine hastige Bewegung, schloss die Tür hinter sich und atmete erst einmal tief durch.

»Was ist denn los?«, fragte Juan spöttisch. »Du siehst aus, als hättest du ein Gespenst gesehen.«

»Ich glaube, das habe ich auch«, sagte Mike leise und bedeutsam. »Hat er es euch auch gesagt?«

»Hat wer uns was gesagt?«, fragte Juan betont. »Was ist los mit dir? Bekommt dir die Sonne nicht oder kriegst du den Gefängniskoller?«

Mike ignorierte die spitze Bemerkung. Rasch und mit knappen Worten berichtete er, was gerade in seiner Kabine geschehen war. Juan und die beiden anderen hörten ihm mit wachsender Aufregung zu.

»Bist du sicher, dass du dich nicht getäuscht hast?«, fragte André schließlich.

»Natürlich nicht«, antwortete Mike giftig. »Ich habe ein Schläfchen gehalten und das alles nur geträumt, was denkst du denn?«

André funkelte ihn zornig an, aber Juan gebot ihm mit einer Handbewegung zu schweigen. »Hast du das auch gehört?«, wandte er sich an Chris.

»Nein«, sagte Chris. Er starrte Mike aus großen Augen an und Mike fügte hinzu:

»Er hat wirklich geschlafen.«

»Wie üblich«, seufzte Juan. Er überlegte einen Moment. »Und du hast den Mann wirklich noch nie an Bord gesehen?«, fragte er schließlich.

Mike verneinte. »Ganz bestimmt nicht«, sagte er. »Aber er kam mir trotzdem irgendwie bekannt ...« Er brach mitten im Wort ab. »Ich bin ein Idiot!«, sagte er dann.

Juan nickte. »Meine Rede«, sagte er ungerührt. »Aber würdest du uns vielleicht erklären, wieso dir das erst jetzt auffällt – und in diesem speziellen Fall?«

»Ich weiß, woher ich ihn kenne!«, sagte Mike. »Erinnert ihr euch an den Morgen im Hafen? Als das Schiff uns gerammt hat? Er war da!«

»Auf dem Schiff?«, fragte Ben zweifelnd.

»Auf dem Kai!«, antwortete Mike aufgeregt. »Die Schlägerei!

Erinnert euch! Ich bin ganz sicher, dass es derselbe Mann ist, über den die Arbeiter hergefallen sind!«

»Das ist unmöglich!«, sagte Ben. »Sie haben ihn weggezerrt. Selbst wenn sie ihn am Leben gelassen haben, war er bestimmt nicht mehr in der Lage, an Bord dieses Schiffes zu schleichen. Und außerdem – warum sollte er uns helfen?«

»Warum nicht?«, erwiderte Mike. »Er könnte immerhin –«

Die Tür wurde aufgerissen und Mike verstummte erschrocken mitten im Wort und drehte sich herum. Es war einer der beiden Soldaten, die draußen auf dem Gang Wache gehalten hatten.

Der Mann warf einen misstrauischen Blick in die Runde, dann wandte er sich an Mike und auf seinem Gesicht erschien ein spöttisches Lächeln. »Wenn ihr mit eurer kleinen Revolution fertig seid, dann komm bitte mit. Der Kapitän will dich sprechen«, sagte er in ausgezeichnetem Englisch.

Mike gehorchte, widerstrebend und von dem sicheren Gefühl erfüllt, dass die Männer genau wussten, was gerade in seiner Kabine geschehen war. Er warf noch einen Blick zu Juan und den anderen zurück. Keiner sagte ein Wort, aber sie sahen sehr erschrocken drein. Vielleicht war es das erste Mal seit langer Zeit, dachte Mike, dass ihnen wieder ins Bewusstsein zurückgerufen wurde, was sie wirklich waren: nichts als Gefangene, die nicht den geringsten Einfluss auf ihr eigenes Schicksal nehmen konnten.

Kapitän Winterfeld erwartete ihn wie immer in der Kapitänskajüte. Er trug auch heute nicht seine Uniform, sondern einen einfachen grauen Anzug, der Mike für die fast hochsommerlichen Temperaturen draußen viel zu warm erschien – aber etwas war doch anders: sein Gesichtsausdruck. Winterfeld wirkte sehr zufrieden. Mike nahm sich vor, auf der Hut zu sein.

»Setz dich, Michael!«, sagte Winterfeld aufgeräumt. »Wie geht es dir? Alles in Ordnung bei dir und deinen Freunden?«

Mike setzte sich gehorsam, antwortete aber nicht. Winterfeld stellte diese Fragen jedes Mal, wenn sie sich sahen, ohne wirklich eine Antwort zu erwarten. Wahrscheinlich waren sie nur Ausdruck seines schlechten Gewissens. Stattdessen sah er neugierig auf den Schreibtisch des Kapitäns. Anstelle des üblichen Durcheinanders von Papieren lag diesmal nur ein einziges, eng beschriebenes Blatt darauf – und die Seekarte, die Winterfeld ihm schon in England gezeigt hatte.

»Ich habe gute Nachrichten, denke ich«, begann Winterfeld, nachdem auch er Platz genommen hatte. »Vielleicht dauert eure Gefangenschaft jetzt nicht mehr sehr lange.«

Mike sagte noch immer nichts, sah aber Winterfeld sehr aufmerksam an. Ihm fiel auf, dass das Aussehen des Offiziers in krassem Gegensatz zu seinem fröhlichen Benehmen stand: Winterfeld war blass. Unter seinen Augen lagen Ringe und seine Bewegungen waren ein wenig fahrig.

»Es ist uns gelungen, den Code zu entschlüsseln«, fuhr Winterfeld fort. »Ich muss mich bei dir entschuldigen. Wie mir die Spezialisten versichert haben, konntest du unmöglich wissen, wie die Geheimschrift zu entziffern ist.« Eine winzige Pause, in der drei tiefe, parallele Falten auf seiner Stirn erschienen, dann sagte er: »Trotzdem sollte ich böse auf dich sein.«

»So?«, fragte Mike.

Winterfeld nickte heftig. »Ja. Du hast mich belogen. Aber irgendwie kann ich das sogar verstehen.« Er lachte leise. »Ich glaube, ich wäre sogar ein bisschen enttäuscht gewesen, wenn du es nicht versucht hättest.«

»Ich ... verstehe nicht –«, begann Mike, aber Winterfeld unterbrach ihn sofort wieder:

»Das hat jetzt aber wirklich keinen Sinn mehr, Michael. Du hast versucht mich hinzuhalten und es ist dir gelungen, aber nun muss es gut sein.« Er beugte sich vor, drehte die Karte auf dem Tisch herum und schob sie Mike zu. Verständnislos blickte Mike darauf hin und dann wieder hoch.

»Was ... was soll ich damit?«, fragte er.

Winterfelds Tonfall war nicht mehr so freundlich. »Wir haben die Papiere entziffert«, sagte er. »Aber jetzt musst du uns helfen.«

»Aber wie denn?«, murmelte Mike. »Ich habe keine Ahnung, was –«

»Hast du vergessen, was ich dir gerade gesagt habe?«, unterbrach ihn Winterfeld. Er räusperte sich.

»Wir wissen, was in den Papieren steht. Es war ein Brief an dich dabei – auch das habe ich dir schon einmal gesagt – und in dem stand ganz eindeutig, dass du weißt, wie diese Karte zu entschlüsseln ist. Also mach es bitte für uns beide nicht unnötig schwer und sei vernünftig.«

Mike verstand rein gar nichts mehr. Er schwieg und auf Winterfelds Gesicht erschien ein Ausdruck von Ungeduld. »Du verlierst nur Zeit«, sagte er. »Ich finde die Insel, von der in den Papieren deines Vaters die Rede ist, auch ohne deine Hilfe, glaub mir. Es wird eben etwas länger dauern. Aber solange wir sie nicht gefunden haben, bleiben du und deine Freunde auf diesem Schiff gefangen.«

Insel?, dachte Mike verwirrt. Was für eine Insel? Er tat Winterfeld den Gefallen, die Karte zur Hand zu nehmen und sie einige Augenblicke lang zu studieren – aber die Linien, Buchstaben und Zahlen ergaben jetzt für ihn ebenso wenig Sinn wie damals in London. »Ich kann Ihnen wirklich nicht helfen«, sagte er nach einer Weile. »Mein Vater hat nie etwas von einer Insel erwähnt. Was soll auf dieser Insel sein?«

Winterfeld seufzte. »Du machst es mir wirklich nicht leicht, Michael«, sagte er. »Ich will doch nichts weiter als –«

Draußen auf der Brücke wurden aufgeregte Stimmen laut und eine Sekunde später wurde die Tür aufgerissen. Winterfeld verstummte mitten im Wort und auf seinem Gesicht erschien ein Ausdruck solchen Schreckens, dass Mike in seinem Stuhl herumfuhr – und ebenfalls verblüfft die Augen aufriss.

Unter der Tür war niemand anders als Paul erschienen. Hinter ihm stürmte ein Mann in einer blauen Uniform herein, der offenbar vergeblich versucht hatte ihn zurückzuhalten. Auf Pauls Gesicht lag ein schelmisches Lächeln. »Hallo, Vater!«, sagte er fröhlich. »Na, ist mir die Überraschung ... gelungen?«

Seine Augen wurden groß. Er erstarrte mitten in der Bewegung und Mike konnte sehen, wie jeder Tropfen Blut aus seinem Gesicht wich. Das letzte Wort hatte er nur noch geflüstert. Er hatte Mike gesehen.

Kapitän Winterfeld hatte seine Überraschung endlich überwunden. Mit einem so heftigen Ruck, dass sein Stuhl umfiel, sprang er auf und beugte sich über den Tisch. »Paul!«, donnerte er. »Was tust du hier? Ich hatte dir doch befohlen, an Land auf mich zu warten!«

Paul schien die Worte seines Vaters gar nicht zu hören. Fassungslos starrte er Mike an und Mike seinerseits blickte Paul mit kaum weniger großer Verwirrung an. Paul hier? Was hatte das jetzt wieder zu bedeuten? Gehörte er am Ende vielleicht doch dazu, auch wenn sein Vater das Gegenteil behauptet hatte?

»Mike?«, murmelte Paul in einem Tonfall, als könnte er einfach nicht glauben, was seine Augen sahen. »Mike? Aber wie ... was ... was machst du denn hier?«

Es fiel Mike schwer, überhaupt zu antworten. »Das fragst du am besten deinen Vater«, sagte er leise.

Paul riss sich mit sichtbarer Mühe von seinem Anblick los und wandte sich an seinen Vater, aber der ließ ihm gar keine Gelegenheit, irgendeine Frage zu stellen, sondern fuhr ihn an: »Was tust du hier?! Wieso zum Teufel –« Er brach ab, atmete hörbar ein und wandte sich dann an den Mann, der hinter Paul stehen geblieben war.

»Sind Sie wahnsinnig geworden? Ich hatte Ihnen befohlen, ihn auf keinen Fall aus den Augen zu lassen!«

Der Mann schrumpfte unter den Worten in sich zusammen. »Ich ... es tut mir Leid, Herr Kapitän«, stotterte er. »Ich ... ich dachte –«

»Sie sollen nicht denken, sondern gehorchen, Sie Idiot!«, brüllte Winterfeld. Er ballte die Hände zu Fäusten. Für eine Sekunde sah es wirklich so aus, als wollte er sich einfach auf seinen unglückseligen Untergebenen stürzen. Aber er beherrschte sich.

»Verschwinden Sie!«, zischte er.

»Herr Kapitän, ich ... ich kann wirklich nichts –«

»Gehen Sie mir aus den Augen, Sie Trottel!«, fauchte Winterfeld. »Ich erwarte Sie in zwei Stunden in meiner Kabine.«

Der Mann starrte ihn noch eine Sekunde lang mit schierem Entsetzen an, dann drehte er sich um und schlich wie ein geprügelter Hund davon.

»Was hat das zu bedeuten?«, fragte Paul scharf. Er deutete auf Mike. »Was tut Mike hier? Was ... was geht hier vor?«

Winterfeld begann nervös seinen Schnurrbart zu zwirbeln. Seine Finger zitterten. »Das ist eine komplizierte Geschichte«, antwortete er, »die ich dir nicht so rasch erklären kann. Es sollte ... eine Überraschung sein.«

»Die ist Ihnen gelungen«, sagte Mike, noch ehe Paul Gelegenheit bekam, zu antworten. »Warum sagen Sie ihm nicht die Wahrheit? Oder soll ich es tun?« Er drehte sich in seinem Stuhl herum und sah wieder zu Paul hoch. »Dein Vater hat mich und die anderen –«

»Das reicht!«, unterbrach ihn Winterfeld scharf. Er machte eine befehlende Geste zu Mike, aufzustehen. »Vielleicht ist es besser, wenn du jetzt gehst«, sagte er. »Ich werde Paul alles erklären.«

»Ich möchte, dass er bleibt!«, mischte sich Paul ein. Mike hatte ihn niemals so aufgebracht und wütend erlebt wie in diesem Moment. »Ich will die Wahrheit wissen!«

Kapitän Winterfeld schwieg, während Paul ihn durchdringend

anstarrte, und – es kam Mike fast absurd vor, nach allem, was er mit diesem Mann erlebt hatte – fast schien es, als wäre es diesmal er, der das stumme Blickduell zu verlieren drohte. Aber dann gab er sich einen Ruck, straffte sich und brüllte, dass Mike die Ohren klangen: »Leutnant Strecker!«

Die Tür wurde aufgerissen und der Soldat, der Mike hergeführt hatte, kam herein. Er wirkte sehr unruhig. »Herr Kapitän?«

Winterfeld deutete auf Mike. »Bringen Sie Michael zurück zu seinen Freunden!«, sagte er. »Mein Sohn bleibt noch einen Moment hier. Ich habe mit ihm zu reden.«

Mike hatte nach seiner Rückkehr nicht nur Chris und die drei anderen, sondern auch Miss McCrooder in seiner Kabine angetroffen und hatte sie von der neuesten Entwicklung unterrichtet. Danach schmiedeten sie Fluchtpläne – wie sie es schon so oft getan hatten, seit ihre Reise ins Ungewisse begonnen hatte, aber doch mit dem Wissen, dass sie allesamt zum Scheitern verurteilt waren. Diesmal aber war es anders: Wenn der geheimnisvolle Fremde, den Mike wieder erkannt zu haben glaubte, tatsächlich auf ihrer Seite stand, dann hatten sie möglicherweise zum ersten Mal eine wirkliche Chance, Winterfelds Gefangenschaft zu entkommen.

Es war Miss McCrooder, die einen Wermutstropfen in ihre zuversichtliche Stimmung fallen ließ; und zwar einen gehörigen. »Wer sagt euch eigentlich, dass dieser Fremde tatsächlich hier ist, um uns zu befreien?«, fragte sie, nachdem sie ihren immer abenteuerlicher werdenden Wenn-wir-erst-einmal-hier-raus-sind-Geschichten wortlos zugehört hatte.

Für eine Sekunde wurde es still. Alle blickten Miss McCrooder verwirrt an. »Aber ... aber was soll er denn sonst wollen?«, fragte Chris schließlich.

»Das weiß ich nicht«, antwortete Miss McCrooder. »Aber ich würde nicht zu optimistisch sein. Er hat nur gesagt: eine Stunde nach Mitternacht. Nicht mehr. Woher wollt ihr so genau wissen, was dann passiert?«

Schweigen breitete sich nach diesen Worten zwischen ihnen aus. Auf allen Gesichtern stand die gleiche Enttäuschung geschrieben.

Miss McCrooder fuhr hastig fort: »Versteht mich nicht falsch – ich selbst glaube auch, dass uns dieser Mann helfen will; schon, weil ich es einfach glauben möchte. Aber selbst wenn ein Wunder geschieht und wir irgendwie von diesem Schiff entkommen, ist damit noch lange nicht alles vorbei. Wir wissen nicht einmal genau, wo wir sind. Auf jeden Fall in einem fremden Land, in dem wir ganz auf uns allein gestellt sein werden.«

»Das ist kein Problem«, sagte Juan großspurig. »Wir müssen irgendwo in Südamerika sein. Da wird Spanisch gesprochen. Und sobald wir eine spanische Botschaft finden, reicht ein einziges Telegramm an meinen Vater und dieser Winterfeld wird sich wünschen niemals geboren zu sein.«

Ehe jemand etwas darauf erwidern konnte, wurde die Tür aufgerissen und Leutnant Strecker und der zweite Soldat führten den sich heftig sträubenden Paul herein, der die beiden Männer aus Leibeskräften in seiner Muttersprache beschimpfte. Sie mussten ihn an beiden Handgelenken festhalten, sonst hätte er sich wahrscheinlich auf der Stelle losgerissen und wäre wieder auf den Gang hinausgestürmt. Unsanft bugsierten sie ihn bis zur Mitte des Raumes, dann wandten sie sich um, verließen die Kabine und schlossen rasch die Tür. Paul eilte ihnen, noch immer schimpfend, nach, rüttelte ein paar Mal vergeblich an der Klinke und versetzte der Tür schließlich einen zornigen Tritt.

Als er sich herumdrehte, starrten ihn alle an und für ein paar Augenblicke breitete sich eine eigenartige Stimmung in der kleinen Kabine aus. Paul wirkte zornig und verlegen zugleich, während die Jungen – Mike und Miss McCrooder ausgenommen – keinen Hehl daraus machten, dass sein Erscheinen nicht unbedingt eine angenehme Überraschung bedeutete.

»Was tust du denn hier?«, fragte Ben schließlich. »Hat dich dein Vater zum Spionieren hergeschickt?«

Pauls Augen blitzten, aber er behielt die Ruhe. »Ich habe es ja nicht geglaubt«, sagte er, während er seinen Blick von einem zum anderen wandern ließ. »Ihr ... ihr wart tatsächlich die ganze Zeit über hier? Hier an Bord? Was ist nun wirklich geschehen?« Er fuhr zusammen, als er jetzt auch Miss McCrooder sah. »Sie sind auch hier? Wo ist McIntire? Ist er auch an Bord?«

»Das solltest du eigentlich besser wissen als wir«, grollte Ben, bevor Miss McCrooder antworten konnte. »Wahrscheinlich habt ihr doch die ganze Zeit über uns Idioten gelacht, dass euch die Bäuche wehtaten, oder?«

Pauls Blick spiegelte vollkommenes Unverständnis und Miss McCrooder fragte rasch: »Ist McIntire denn nicht bei euch?«

»Bei uns?« Paul schüttelte den Kopf. »Aber wieso denn? Er –«

»Lüg uns nicht auch noch an!«, unterbrach ihn Ben aufgebracht. »Er gehört doch zu euch!«

»Jetzt reicht es aber!«, antwortete Paul. »Wenn du jetzt nicht aufhörst, dann ...«

»Dann?«, fragte Ben, als Paul nicht weitersprach. Er stand auf und trat herausfordernd auf Paul zu. »Was dann?«

Paul funkelte ihn an. Er war fast einen Kopf kleiner als Ben und wog sicherlich zwanzig Pfund weniger. Und außerdem kannte er wie alle anderen den Ruf, der dem jungen Engländer vorauseilte – nämlich, keiner Prügelei aus dem Weg zu gehen und die meisten auch zu gewinnen. Und trotzdem sah es für einen Moment so aus, als wollte Paul sich einfach auf ihn stürzen, um die Diskussion mit seinen Fäusten fortzusetzen.

Es war Juan, der den drohenden Streit schlichtete. Hastig sprang er auf, trat zwischen die beiden Kampfhähne und breitete die Arme aus. »Bitte, Leute!«, sagte er. »Seid vernünftig! Das hat doch keinen Zweck!«

Ben schob kampflustig die Schultern vor. »Lass mich zehn Minuten mit ihm allein und ich zeige dir, was Zweck hat«, sagte er drohend. »Vielleicht brauche ich auch nur fünf und er wird uns alles erzählen, was wir wissen wollen.«

»Das tut er bestimmt auch so«, sagte Juan. Er bedachte Ben mit einem mahnenden Blick, ehe er sich vollends zu Paul herumdrehte. »Oder?«

Paul sah Ben weiterhin herausfordernd an, aber nach ein paar Sekunden nickte er. »Ich weiß wirklich nicht, was das alles bedeutet«, sagte er. »Bis vor einer Stunde wusste ich nicht einmal, dass ihr überhaupt hier seid! Ich dachte, ihr wärt in London, nicht in Rio.«

»Rio de Janeiro?«, vergewisserte sich Mike. Paul nickte.

»Na ja, jetzt wissen wir wenigstens, wo wir sind«, stellte Juan fest. Zu Paul gewandt, fuhr er fort. »Aber wie kommst du hierher?«

»Mit der LEOPOLD«, antwortete Paul. »Sie liegt ein paar Meilen von hier vor Anker. Mein Vater hat mich heute Morgen abgeholt und ist mit mir an Land gegangen. Er wollte mir die Stadt zeigen. Danach ist er weggegangen, um noch irgendwas Geschäftliches zu erledigen – wenigstens hat er das gesagt. Ich sollte am Hafen warten, bis er zurückkäme. Aber ich hatte keine Lust, den Tag in der Gesellschaft seines Adjutanten zu verbringen. Der Kerl ist ungefähr so gesprächig wie eine Rolle Schlaftabletten. Also bin ich ausgebüxt und habe ein Boot gechartert, das mich hierher brachte. Ich wollte ihn überraschen.«

»Das ist dir gelungen«, sagte Mike. Paul verzog das Gesicht, enthielt sich aber jeden Kommentars. Mike konnte sich lebhaft vorstellen, welches Donnerwetter auf Paul herabgegangen war, nachdem er ihn mit seinem Vater allein gelassen hatte.

»Wieso ist die LEOPOLD hier?«, fragte er dann.

Paul zuckte mit den Schultern. »Keine Ahnung«, antwortete er. »Mein Vater spricht nicht mit mir über militärische Dinge. Wahrscheinlich ist es sowieso geheim. Aber mir ist aufgefallen, dass wir ziemlich überhastet aufgebrochen sind. Eigentlich sollten die Reparaturen ja noch sechs Tage dauern, aber die LEOPOLD ist schon am nächsten Morgen ausgelaufen. Mein Vater und ich haben auf euch gewartet. Als ihr zwei Stunden nach dem verabredeten Zeitpunkt immer noch nicht da wart, ist mein Vater mit einem Boot losgefahren, um nach dem Rechten zu sehen. Er kam erst nach einer ganzen Weile zurück und erzählte, dass es einen Unfall im Hafen gegeben hat.«

»Ja«, sagte Ben, »so kann man es auch nennen.«

Paul durchbohrte ihn mit Blicken, fuhr aber in unverändertem Ton fort: »Ich war ziemlich besorgt, aber er beruhigte mich und sagte, dass niemandem etwas passiert sei. Nur wärt ihr alle bis auf die Knochen nass geworden und zu Tode erschrocken, sodass McIntire den Ausflug abgesagt hätte und mit euch nach Andara-House zurückgefahren sei.« Er hob die Hände. »Natürlich habe ich ihm geglaubt. Woher sollte ich denn wissen, was wirklich passiert war?«

»Na, dafür weißt du es jetzt«, sagte Mike.

»Gar nichts weiß ich«, erwiderte Paul. »Du kennst meinen Vater schlecht, wenn du glaubst, er hätte mir auch nur eine einzige Frage beantwortet. Er hat mich angeschrien und mir einen Vortrag über die Bedeutung der Worte Gehorsam und Befehl gehalten, aber das war auch alles. Aber ich weiß immer noch nicht, warum ihr hier seid.«

»Dann sollte es ihm jemand erklären«, sagte Juan. Er wandte sich mit einer auffordernden Geste an Mike. »Und wer wäre besser dazu geeignet als der, dem wir dieses ganze Schlamassel zu verdanken haben?«

Nun war es an Mike, Juan einen wütenden Blick zuzuwerfen. Aber dann begann er ruhig zu erzählen, was an jenem Morgen in London und danach wirklich passiert war. Pauls Gesichtsausdruck wurde immer entsetzter, während er ihm zuhörte.

»... und jetzt sind wir hier«, schloss Mike. »Bis vor zehn Minuten wussten wir nicht einmal, wo dieses Hier überhaupt ist.«

»Das ... klingt unglaublich«, murmelte Paul. Er sah Mike nicht an, sondern hatte den Blick gesenkt. Doch Mike glaubte genau zu spüren, wie es in seinem Freund aussah. Schließlich war der Bösewicht in der Geschichte niemand anders als Pauls Vater.

»Du kannst es ruhig glauben«, sagte Ben giftig. »Genauso wie wir glauben, dass dein liebes Väterchen dich nur zum Spionieren hergeschickt hat!«

Mike warf Ben einen drohenden Blick zu, aber Paul schien den letzten Satz gar nicht gehört zu haben. »Aber das ... das passt überhaupt nicht zu ihm!«, sagte er. »Ich sage das bestimmt nicht nur, weil er mein Vater ist. Er ist ... der pflichtbewussteste Mann, den ich kenne. Er würde so etwas nie tun!«

»Außer vielleicht, jemand befiehlt es ihm«, sagte Juan leise.

Paul starrte ihn erschrocken an, aber dann schüttelte er den Kopf. »Quatsch!«, sagte er überzeugt. »Ich weiß, ich weiß – England und das Kaiserreich sind im Moment nicht gut aufeinander zu sprechen. Aber warum sollte die deutsche Kriegsmarine ein halbes Dutzend Kinder entführen und dabei riesige diplomatische Verwicklungen riskieren?«

»Sie haben Mike entführt«, erinnerte Miss McCrooder. »Wir anderen sind nur aus Versehen mit dabei, vergiss das nicht.«

»Es ergibt trotzdem keinen Sinn!«, beharrte Paul. »Was soll er schon wissen, was so wichtig ist?«

»Anscheinend hat mein Vater irgendetwas besessen, was für eure Leute von großem Wert ist«, sagte Mike. »Er muss es auf irgendeiner einsamen Insel in der Karibik versteckt haben – und dein Vater ist der Meinung, dass ich weiß, wo diese Insel liegt. Aber ich weiß es nicht.«

»Verrat ihm lieber nicht zu viel«, sagte Ben. »Sonst kannst du es ebenso gut gleich seinem Vater erzählen.«

»Jetzt hört aber endlich auf«, mischte sich Miss McCrooder ein. Sie stand auf und wandte sich an Paul. »Wieso hat er dich herbringen lassen?«, fragte sie geradeheraus.

»Das weiß ich nicht«, antwortete Paul. »Er hat gesagt, ich wäre selbst schuld, wenn er mich jetzt genau wie die anderen behandeln müsse.«

»Wie die anderen?«, Miss McCrooder runzelte die Stirn. »Soll das heißen, dass du hier bleiben sollst? Als Gefangener? Genau wie wir?«

»Bis alles vorbei ist, ja«, antwortete Paul. »Aber er hat gesagt, dass es jetzt nicht mehr lange dauern kann.«

»Was für eine hervorragende Idee!«, sagte Ben vom Fenster her. »Warum zieht er nicht gleich selbst hier ein. Dann hört er aus erster Hand, was wir miteinander reden.«

Selbst Mike fiel es für einen Moment schwer, den Worten seines Freundes Glauben zu schenken. Er zweifelte nicht daran, dass Paul bis zum heutigen Tage keine Ahnung vom Schicksal seiner Mitschüler gehabt hatte – aber die Vorstellung, dass Kapitän Winterfeld so weit ging, seinen eigenen Sohn gefangen zu setzen, erschien ihm doch zu verrückt.

Es sei denn, flüsterte eine Stimme in seinen Gedanken, das, was er auf jener geheimnisvollen Karibikinsel zu finden hoffte, war noch viel, viel wertvoller, als sie alle bisher angenommen hatten.

Mitternacht kam und ging und an Bord kehrte allmählich eine

gewisse Ruhe ein. Sie hatten noch lange zusammengesessen und geredet, bis es schließlich Zeit zum Abendessen war und sich Ben, Juan und André in ihre eigene Kabine zurückzogen. Auch Miss McCrooder – die als Einzige eine Kabine für sich allein hatte – war gegangen, wobei sie Chris mitgenommen und erklärt hatte, es mache ihr nichts aus, sich für diese Nacht das Zimmer mit ihm zu teilen; am nächsten Morgen würde man weitersehen und zur Not ein drittes Bett in Mikes Kajüte aufschlagen lassen. Dass sie in dieser Nacht nicht schlafen würden und allesamt hofften, dass es ohnehin ihr letzter Abend auf diesem Schiff war, wusste Paul nicht – und sie hüteten sich, auch nur eine Andeutung in dieser Richtung zu machen. Sie hatten die Zeit, in der Paul einmal zwischendurch die Toilette aufgesucht hatte, genutzt, um sich zu einigen, ihn in diesem Punkt im Unklaren zu lassen. Wenn er tatsächlich im Auftrag seines Vaters hier war, um sie auszuspionieren, durfte er auf keinen Fall etwas von ihrem Vorhaben erfahren. Und wenn nicht – nun, dann schadete es nichts, wenn er erst in allerletzter Sekunde davon erfuhr. Mike hatte ein schlechtes Gewissen bei dieser Vorstellung, aber er beugte sich schließlich dem Willen der Mehrheit und tröstete sich damit, dass Paul ihre Vorsicht verstehen würde.

Sie waren übereingekommen, sich zwei Minuten vor der verabredeten Zeit in Mikes Kabine zu treffen, wobei Miss McCrooder der gefährlichste Teil des Planes zukommen würde – nämlich die Wachen abzulenken, die sonst misstrauisch werden konnten.

Nun ging es allmählich auf eins zu. Mike musste sich beherrschen, um nicht immer öfter auf die Uhr zu sehen, während er mit Paul zusammensaß und redete. Er hatte gehofft, dass Paul irgendwann müde werden und einschlafen würde, aber das Gegenteil war der Fall – er wurde immer munterer und ließ sich von Mike über die Gespräche mit seinem Vater in allen Einzelheiten berichten.

»Weißt du«, sagte er dann, »irgendwie glaube ich, dass Vater Recht hat mit seiner Vermutung, dass du den Schlüssel zu dem Geheimnis besitzt.«

Mike sah seinen Freund einen Augenblick lang durchdringend und verwirrt an, dann begriff er, dass Paul diesen Blick ebenso gut als misstrauisch deuten konnte, und zwang sich zu einem Lächeln. »Bestimmt nicht«, sagte er. »Ich hätte es ihm längst gesagt, wenn es so wäre. In einer Sache stimme ich ihm nämlich zu – ich bin sicher, dass er die Insel früher oder später sowieso findet, ob mit oder ohne meine Hilfe. Ich will nur noch hier raus und die anderen auch. Es interessiert mich mittlerweile gar nicht mehr, was er auf dieser Insel zu finden hofft.«

»Aber mich«, entgegnete Paul. »Und zwar brennend. Egal, was die anderen von meinem Vater halten: Er ist ein ehrlicher Mann. Wenn er sich zu so etwas hinreißen lässt, dann muss es sich um etwas wirklich Kolossales handeln.« Er legte den Kopf schräg und sah Mike aus eng zusammengekniffenen Augen an. »Überleg noch mal«, sagte er. »Dein Vater muss doch irgendeine Andeutung gemacht haben.«

»Ich habe ihn ja nicht mal gekannt«, erinnerte Mike. »Ich weiß nicht einmal genau, wie er ausgesehen hat. Aber ich weiß, dass er nichts mit Politik oder Krieg im Sinn gehabt hat. Er war ein Beamter, das ist alles.«

»Das mag schon sein«, wiederholte Paul. »Aber irgendetwas – hat er dir rein gar nichts hinterlassen? Keinen Brief, kein Andenken?«

»Doch«, antwortete Mike spitz. »Eine ganze Mappe mit Briefen sogar. Dein Vater hat sie.«

Paul fuhr bei diesen Worten zusammen. Ein Schatten huschte über sein Gesicht und Mike kam sich gemein vor, sich diesen billigen Triumph nicht hatte verkneifen zu können. Hastig zog er den Anhänger unter dem Hemd hervor, den er an einer Kette um den Hals trug. »Und das hier«, sagte er.

Paul beugte sich neugierig vor, nahm das Amulett in die Hand und betrachtete es sehr lange und sehr interessiert.

Mike ließ ihn gewähren. Auch er hatte den Anhänger in den letzten Wochen unzählige Male angesehen – schließlich war Pauls Überlegung nicht so weit hergeholt, dass nicht auch er und die anderen darauf gekommen wären, in diesem Amulett den Schlüssel zu vermuten, hinter dem Winterfeld her war.

Aber das konnte nicht sein. Das Amulett enthielt kein Geheimfach, keine verschlüsselte Botschaft, keine Schriftzeichen, nichts. Es war ein unglaublich kunstfertiges Stück Goldschmiedearbeit, das die sechsarmige Göttin Kali darstellte – ein durchaus gängiges Motiv der indischen Mythologie –, nicht mehr und nicht weniger.

Schließlich ließ Paul das Amulett wieder sinken und schüttelte den Kopf. »Wenn das Ding irgendetwas zu bedeuten hat«, sagte er enttäuscht, »dann ist diese Bedeutung wirklich gut getarnt.«

Mike verstaute das Amulett wieder unter seinem Hemd, aber er kam nicht mehr dazu, zu antworten. Draußen auf dem Gang erscholl plötzlich ein halblauter, krächzender Schrei und eine Sekunde später polterte etwas schwer gegen die geschlossene Tür. Paul sah überrascht hoch, während Mike aufstand, zur Tür ging und mit klopfendem Herzen einen Schritt davor stehen blieb. Es war fünf Minuten vor eins.

»Was ist denn los?«, fragte Paul flüsternd.

Bevor Mike antworten konnte, wurde die Tür aufgerissen – und er vermochte nur noch mit Mühe einen Schrei zu unterdrücken!

Einer der beiden Soldaten, die draußen auf dem Gang Wache hielten, taumelte ihm entgegen. Sein Hals und das Hemd waren blutüberströmt. Auf seinem Gesicht lag ein ungläubiger Ausdruck und sein Mund war weit geöffnet, wie zu einem Schrei. Aber er bekam keinen Laut über die Lippen. Torkelnd näherte er sich Mike, streckte die Hände nach ihm aus und sank in die Knie, ehe er ihn erreichen konnte.

Mike machte einen erschrockenen Schritt zur Seite, als der Soldat zusammenbrach. Er schlug mit einem dumpfen Laut auf dem metallenen Boden auf und rührte sich nicht mehr. Unter seinem Gesicht begann sich rasch eine dunkle, glitzernde Lache zu bilden.

»Was zum Teufel geht hier vor?«, keuchte Paul. Mike hörte, wie er von seinem Stuhl aufsprang, drehte sich aber nicht zu ihm herum. Der Blick seiner entsetzt aufgerissenen Augen war auf den zweiten, reglosen Körper draußen auf dem Gang gerichtet. Der Soldat lag auf dem Rücken und auch sein Hals und das Hemd darunter waren rot. Jemand hatte ihm die Kehle durchgeschnitten.

Sein Mörder stand mit gespreizten Beinen über ihm. Er trug nicht mehr die Matrosenuniform, in der Mike ihn auch am Morgen gesehen hatte, sondern ein weites Gewand und einen kunstvoll gewickelten Turban, unter dem ein rabenschwarzer Pferdeschwanz bis weit über seine Schultern herabhing. In der rechten Hand hielt er den Dolch, mit dem er die beiden Wachen getötet hatte.

»Was –?«, begann Mike, wurde aber sofort von dem Fremden unterbrochen.

»Still!«, zischte er. »Zum Reden ist jetzt keine Zeit! Wir müssen weg! Wo sind die anderen?«

Mike deutete auf die gegenüberliegende Tür und der Mann fuhr mit einer katzenhaften Bewegung herum und öffnete sie. Mike hörte einen überraschten Ausruf in dem Raum auf der anderen Seite und der Mann antwortete wohl auch, aber er verstand die Worte nicht. Wie hypnotisiert starrte er abwechselnd die beiden Toten an. Er fühlte einen eisigen Schrecken, der alles überstieg, was er jemals empfunden hatte; selbst die Todesangst, als er damals im Hafen beinahe ertrunken wäre.

Es war das erste Mal, dass Mike so direkt mit dem Tod konfrontiert wurde. Er hatte tote Tiere gesehen und vom Tod von Menschen gehört und gelesen – aber er hatte sich noch nie einer Leiche gegenübergesehen. Die beiden Männer waren tot – sie waren ermordet worden, vor seinen Augen und wohl auch irgendwie seinetwegen. Zweifelsfrei waren diese beiden Soldaten seine Feinde gewesen, die vielleicht nicht einmal gezögert hätten, ihn und die anderen umzubringen, hätten sie den Befehl dazu erhalten, und doch erschütterte Mike ihr Anblick zutiefst. Der Fremde, der gekommen war, um ihn zu retten, hatte sie seinetwegen getötet. Ebenso gut hätte er selbst ein Messer nehmen und ihnen die Kehle durchschneiden können.

Auf dem Gang wurde es wieder laut, als der Fremde in Begleitung Juans und der beiden anderen zurückkam. Einer der drei musste ihm wohl den Weg zu Miss McCrooders Kabine gewiesen haben, denn er eilte unverzüglich hin und betrat auch sie ohne anzuklopfen. Juan erstarrte mitten in der Bewegung, als er den toten Soldaten sah, und André schlug erschrocken die Hand vor den Mund. Ben blickte den Leichnam nur kurz an und wirkte zufrieden, wie Mike schaudernd registrierte.

Wenige Sekunden später erschienen auch Miss McCrooder und Chris auf dem Gang. Miss McCrooder sog erschrocken die Luft ein, zog Chris an sich und bedeckte seine Augen mit der Hand, während der Fremde sich wieder an Mike wandte.

»Schnell jetzt, Herr«, sagte er. »Wir müssen –« Er stockte mitten im Wort. Seine Augen wurden schmal, als er Paul erblickte, der hinter Mike unter der Tür erschienen war. Dann spannte sich seine Gestalt. Mike sah, wie sich seine Hand fester um den Dolch schloss, den er noch immer in der Rechten trug. »Wer ist das?«, fragte er.

»Ein Freund«, sagte Mike hastig. »Er gehört zu uns.«

Der Fremde warf ihm einen misstrauischen Blick zu. Mike sah, wie es in seinem dunklen Gesicht arbeitete. Dann nickte er. »Er kommt mit uns«, sagte er.

»Ich gehe nirgendwohin, ehe ich nicht weiß, was hier gespielt wird!«, erwiderte Paul und Ben sagte: »Er kommt auf keinen Fall mit! Da können wir ja genauso gut Winterfeld selbst einladen, uns zu begleiten!«

»Aber er kann auch nicht hier bleiben«, fügte Juan ruhig hinzu. »Er würde uns verraten.«

Mike wies auf die Toten. »Warum ... haben Sie das getan?«, fragte er leise.

»Es musste sein, Herr«, antwortete der Fremde. »Sie hätten Alarm geschlagen. Wenn mein Eindringen bemerkt wird, sind wir alle verloren.« In drängenderem Ton fügte er hinzu: »Wir müssen gehen, Herr. Die Deckwache dreht gleich ihre Runde. Wenn sie das Boot bemerken, ist es um uns geschehen.«

»Ich rühre mich nicht von der Stelle!«, sagte Paul. Er sprach sehr laut, aber seine Stimme zitterte auch hörbar. Das Entsetzen musste ihm ebenso in die Knochen gefahren sein wie allen anderen.

»Dann werden wir dich wohl fesseln und knebeln müssen«, sagte Ben grinsend. »Ich übernehme das gern.« Er trat einen Schritt vor, aber der Fremde hielt ihn mit einer hastigen Bewegung zurück.

»Er weiß schon zu viel«, sagte er. »Er kommt mit oder stirbt.«

Mike zweifelte keine Sekunde daran, dass der Fremde seine Worte auch ausführen würde. »Bitte, Paul«, sagte er, »sei vernünftig. Er meint es ernst.«

Paul schien das wohl ebenso zu sehen, denn von seiner Entschlossenheit war nicht mehr viel geblieben. »Was ... was geht hier überhaupt vor?«, sagte er stockend. »Wer ist das?«

»Wir ziehen aus, das geht vor, Schlaumeier«, sagte Ben fröhlich. »Mit oder ohne dich, das ist egal. Und wenn du dort oben auch nur einen Mucks von dir gibst, dann drehe ich dir höchstpersönlich den Hals um, das verspreche ich dir.«

»Schnell jetzt, Herr«, drängte der Fremde. »Sie dürfen das Boot nicht entdecken!«

Alles in Mike sträubte sich dagegen, über den Leichnam des Soldaten hinwegzusteigen, aber das musste er, um die Treppe auf der anderen Seite des Ganges zu erreichen. Eng an die Wand gepresst und mit geschlossenen Augen machte er einen Schritt über den reglosen Körper hinweg und dann noch zwei, drei weitere hastige Schritte, um sich möglichst schnell von ihm zu entfernen. Plötzlich begann sein Herz zu hämmern und er zitterte am ganzen Leib.

Angeführt von dem geheimnisvollen Fremden bewegten sie sich die Treppe hinauf. Mike und Paul gingen unmittelbar hinter ihm, dicht gefolgt von Miss McCrooder und Chris, während Juan Ben vorsichtshalber ans Ende der kleinen Kolonne verbannt hatte. Ihr Führer öffnete lautlos die Tür, gab ihnen ein Handzeichen, zurückzubleiben, und huschte hindurch. Schon nach einer Sekunde kam er zurück und winkte. »Keinen Laut!«, flüsterte er, während Mike und Paul sich an ihm vorbeischoben.

Es war dunkel, als sie an Deck hinaustraten – aber längst nicht so dunkel, wie Mike gehofft hatte. Die Nacht war sternenklar, und als hätten Winterfeld und seine Männer selbst die Natur auf ihrer Seite, stand auf dem Himmel ein fast vollkommen gerundeter Mond, der den Hafen wie ein übergroßer, bleicher Scheinwerfer beschien. Zudem brannten hinter den Fenstern der Brücke noch etliche Lichter, sodass jeder, der dort oben stand und zufällig herabsah, sie bemerken musste.

Ihr Führer deutete auf den schwarzen Schlagschatten der erhöhten Frachtluke, einige Schritte entfernt. Mike zeigte ihm mit einem stummen Nicken, dass er verstanden hatte, sah noch einmal mit klopfendem Herzen zu den hell erleuchteten Fenstern der Brücke hinauf, sammelte all seinen Mut – und huschte los.

In wenig mehr als einer Sekunde gelangte Mike in den schwarzen Schatten des Lukenrandes, aber er war plötzlich felsenfest davon überzeugt, dass man ihn einfach entdecken musste. Und wenn schon nicht das, so mussten seine Schritte, deren Dröhnen in seinen eigenen Ohren wie das Stampfen einer Elefantenherde klang, im ganzen Hafen zu hören sein.

Aber das Wunder geschah – sowohl er und Paul als auch alle anderen erreichten unbehelligt die Luke und kauerten sich in den Schutz des Schattens. Niemand rief ihnen zu, stehen zu bleiben. Nirgends gellte eine Alarmsirene.

»Bleibt einen Moment hier«, flüsterte der Fremde, der als Letzter geduckt über das Deck herangeeilt kam und sich neben Mike niederkauerte. »Ich sehe nach den Wachen.«

Mike wollte ihn zurückhalten, aber er verschwand so schnell wie ein Schatten, der schon nach einer Sekunde von der Nacht aufgesogen wurde. Mike hatte noch nie einen Menschen getroffen, der sich so geschmeidig und lautlos zu bewegen vermochte wie er.

»Wer ist das?«, flüsterte Paul neben ihm.

»Ich habe keine Ahnung«, murmelte Mike.

»So, du hast keine Ahnung? Und wieso hat er dich dann Herr genannt?«

Mike schwieg. Er hätte eine Menge darum gegeben, die Antwort auf diese Frage zu kennen. Er spürte, dass sein Schweigen Pauls Misstrauen nur noch schüren musste.

Es vergingen nur Sekunden, bis der Fremde zurückkam. »Die Wache ist auf der anderen Seite«, flüsterte er. »Wir haben Glück.« Er deutete nach rechts. »Mein Boot liegt dort unten. Lauft zur Reling. Einzeln und nacheinander. Ich passe hier auf.«

Da Juan der entsprechenden Bordseite am nächsten war, huschte er als Erster los. Nach wenigen Schritten erreichte er die Reling, beugte sich hinüber – und kletterte ohne zu zögern auf der anderen Seite in die Tiefe. Erst als ihm auch Ben auf die gleiche Weise folgte, erkannte Mike die Strickleiter, die an der Brüstung verknotet war. Geduckt lief er los, erreichte die Reling und schwang das Bein darüber.

In diesem Moment erscholl in der Dunkelheit hinter ihm ein lautstarkes Scheppern und Klirren. Irgendetwas fiel mit einem gehörigen Krach um, der nun wirklich bis zum Ufer zu hören sein musste. Mike erstarrte mitten in der Bewegung.

Fast in der gleichen Sekunde erschien neben der Brücke eine Gestalt. »Wer ist da?«, rief eine Stimme. Dann wurde sie schrill. »He – du da an der Reling! Rühr dich nicht! Keine Bewegung!«

Mikes Herz schlug bis in seinen Hals hinauf, als der Wachtposten die Arme in die Höhe riss und ein Gewehr auf ihn anlegte. Er hörte das Klicken der Sicherung, die herumgelegt wurde. Er würde sterben. Jetzt. Doch der Schuss, auf den er wartete, kam nicht. Stattdessen sah er aus den Augenwinkeln, wie hinter der Ladeluke plötzlich eine zweite, schlanke Gestalt in die Höhe wuchs und eine blitzartige Bewegung mit dem Arm machte. Der Posten schien die Gefahr im letzten Moment zu spüren, denn er fuhr herum und versuchte mit seinem Gewehr auf die Gestalt zu zielen, aber er war nicht schnell genug. Etwas flog wie ein silberner, sich irrsinnig schnell drehender Blitz durch die Luft, bohrte sich mit einem dumpfen Schlag in seine Brust und schmetterte ihn gegen die Decksaufbauten. Der Mann schrie auf, ließ sein Gewehr fallen und brach zusammen.

Paul und die anderen sprangen hinter ihrer Deckung hervor und rannten zur Reling, ohne auch noch die geringste Vorsicht zu wahren. Mike kletterte so hastig weiter hinunter, dass er ein paar Mal Gefahr lief, den Halt zu verlieren und abzustürzen.

Was ihr geheimnisvoller Retter als Boot bezeichnet hatte, das entpuppte sich als Segeljacht, als Mike die Strickleiter losließ und die letzten anderthalb Meter einfach in die Tiefe sprang. Er verlor auf den rutschigen Planken das Gleichgewicht, fiel auf die Knie und kroch hastig ein Stück zur Seite, damit ihm André nicht in den Nacken sprang – was zweifellos geschehen wäre, denn hinter diesem drängten bereits Chris und Miss McCrooder heran.

Doch auch ihre Verfolger hatten nicht aufgegeben. Als die Gestalt ihres Retters über der Reling erschien, erscholl oben an Deck ein zorniger Schrei; gleich darauf gellte das Schrillen einer Alarmpfeife durch die Nacht und dann krachte ein Schuss. Keine zehn Zentimeter neben dem Fremden stoben Funken aus dem Metall der Reling und die Kugel jaulte als Querschläger davon.

Der Fremde schwang sich mit einer kraftvollen Bewegung über die Reling – und sprang in die Tiefe, ohne zu zögern!

Mike schrie erschrocken auf. Das Deck des größeren Schiffes

lag gute fünf Meter über ihnen, vielleicht sogar mehr. Aber wieder bewies ihr geheimnisvoller Freund seine außerordentliche Geschicklichkeit. Er prallte dicht neben ihm auf, kam mit einer eleganten Rolle wieder auf die Füße und fuhr noch in der gleichen Bewegung herum. Mit beiden Armen versuchte er die kleine Jacht vom Rumpf des Frachters wegzustoßen. Das Schiff zitterte, bewegte sich aber nicht.

»Helft mir!«, sagte er. »Schnell!«

Mit vereinten Kräften gelang es ihnen, das Schiff abzustoßen – doch in diesem Moment erschienen bereits die Schatten der Verfolger an der Reling über ihnen.

Irgendjemand schrie eine Warnung und da krachte auch schon wieder ein Schuss.

Mike zog den Kopf ein und warf sich herum. Die Kugel klatschte neben dem Schiff ins Wasser, aber schon krachte der nächste Schuss, und dann wieder einer und wieder einer. Die Kugeln ließen das Wasser aufspritzen, aber einige Geschosse fetzten auch Splitter aus den Decksplanken oder zerschmetterten Glas. Während Mike mit Riesensätzen und im Zickzack über das Deck sprang und verzweifelt nach irgendeiner Deckung Ausschau hielt, sah er aus den Augenwinkeln, wie sich zwei Matrosen hintereinander auf die Strickleiter schwangen, über die sie selbst geflohen waren, um in die Tiefe zu klettern.

Die Jacht drehte sich scheinbar schwerfällig von dem größeren Schiff weg, nahm aber nun sichtbar Fahrt auf und die Distanz zwischen den beiden Schiffen wuchs rasch. Die Soldaten schossen jetzt ununterbrochen und die Kugeln sirrten so dicht um Mikes Ohren und die der anderen, dass sie das Gefühl hatten, mitten in einen zornigen Hornissenschwarm hineingeraten zu sein, doch niemand wurde getroffen.

Schließlich hörte das Gewehrfeuer auf. Mike, der sich wie alle anderen angstvoll an Deck zusammengekauert hatte, saß noch einige Sekunden mit eingezogenem Kopf da, ehe er es auch nur wagte, die Augen zu öffnen und wieder zu dem Frachter hinüberzublicken.

Er war überrascht, wie groß der Abstand in den wenigen Augenblicken geworden war, die seit ihrer Flucht vergangen waren. Das Schiff war sicherlich schon fünfzig Meter entfernt und die Distanz wuchs mit jeder Sekunde. Mike hörte ein schweres, flappendes Geräusch, sah hoch und gewahrte ein riesiges, geblähtes Segel, das sich plötzlich über ihren Köpfen spannte. Er konnte hören, wie der Schiffsrumpf unter den Kräften ächzte, die plötzlich auf ihn einwirkten. Das Schiff war nicht nur viel größer, als er bisher angenommen hatte, sondern auch sehr schnell. Plötzlich wusste er, dass sie in Sicherheit waren. Selbst wenn der Frachter mit seinen schweren Motoren schneller sein sollte als dieses Schiff – er würde eine halbe Stunde oder mehr brauchen, um überhaupt Fahrt aufzunehmen, und bis dahin waren sie längst in der Nacht verschwunden.

Langsam stand er auf, atmete ein paar Mal tief und langsam ein und aus und versuchte sich dann einen Überblick zu verschaffen. In den Planken gähnten Dutzende von großen, schwarz geränderten Löchern, wo die Gewehrkugeln eingeschlagen hatten. Zwei Fenster des flachen Ruderhauses waren zerbrochen, die Reling auf der linken Seite an gleich drei Stellen zerschmettert und bei genauem Hinsehen glaubte Mike auch in den großen Segeln etliche Einschusslöcher zu gewahren – aber wie durch ein Wunder schien keiner von ihnen auch nur einen Kratzer abbekommen zu haben.

»Seid Ihr unverletzt, Herr?«

Mike drehte sich herum und sah sich ihrem Retter gegenüber. Zum ersten Mal hatte er jetzt Gelegenheit, das dunkle, beinahe edel geschnittene Gesicht des Fremden in Ruhe zu betrachten. Was er vorhin schon vermutet hatte, wurde nun zur Gewissheit – der Mann war kein Europäer, sondern Inder wie er selbst. Seine Haut war sehr viel dunkler als die Mikes und Augen und Haar tiefschwarz.

»Mir ist nichts passiert«, antwortete Mike. »Und den anderen auch nicht. Aber es war verdammt knapp.«

»Die Götter waren auf unserer Seite«, bestätigte der Fremde.

»Ja – und die Deutschen sind noch miserablere Schützen, als man sich erzählt«, sagte Bens Stimme hinter Mike.

»Wer sind Sie?«, fragte Mike. »Warum haben Sie uns geholfen? Sie hätten selbst dabei draufgehen können!«

»Und wir auch«, sagte Ben.

»Mein Name ist Ghunda Singh, Herr«, sagte der Fremde. Er legte die Handflächen vor dem Gesicht aneinander, berührte mit den Fingerspitzen seine Stirn und verbeugte sich fast bis zu den Schuhspitzen: »Es ist meine Aufgabe, für Eure Sicherheit zu sorgen. Bitte verzeiht mir, dass ich Euch nicht eher zu Hilfe eilen konnte. Aber es war unmöglich, sich dem Schiff auf hoher See zu nähern. Die Soldaten waren sehr wachsam.«

»Ihre ... Aufgabe?«, wiederholte Mike perplex. »Aber wieso? Ich ... ich meine ... ich kenne Sie ja nicht einmal.«

»Dafür kenne ich Euch umso besser, Herr«, antwortete Singh mit einem geheimnisvollen Lächeln. »Während der letzten sechs Jahre habe ich über Euch gewacht, so gut ich konnte.«

»Das haben wir gemerkt«, spöttelte Ben. »Vor allem in London, als wir um ein Haar umgebracht worden wären.«

»Halt endlich die Klappe, Ben!«, sagte Mike zornig und ohne den Blick von Singh zu wenden. »Der Mann am Hafen? Der waren Sie, nicht wahr?«

Singhs Gesicht verdüsterte sich. »Ja, Herr«, sagte er. »Bitte verzeiht mir. Ich versuchte Euch zu warnen, aber ich hatte unsere Feinde unterschätzt. Sie stellten mir eine Falle. Ich konnte ihnen entkommen, aber da wart Ihr und Eure Freunde bereits an Bord dieses Schiffes gebracht worden. Wenn Ihr mich dafür bestrafen wollt, werde ich die Strafe mit Freuden entgegennehmen.«

»Bestrafen?«, wiederholte Mike verwirrt. »Wie kommen Sie auf die Idee? Sie haben uns gerade das Leben gerettet, oder?«

Singh verbeugte sich abermals auf jene sonderbare Weise. »Die Götter waren mir gnädig«, sagte er.

Mike seufzte. »Meinetwegen«, sagte er. »Dann waren es eben die Götter. Aber tun Sie mir einen großen Gefallen, Singh?«

»Euer Wunsch ist mir Befehl, Herr«, antwortete Singh.

»Gut«, sagte Mike. »Dann hören Sie um Himmels willen auf, mich Herr zu nennen.«

Auch in dieser Nacht fand Mike kaum Schlaf, obwohl Singh ihm eine Kajüte ganz für sich allein zugewiesen hatte. Es war nicht die Aufregung über ihre abenteuerliche Flucht, die ihn bis in die frühen Morgenstunden hinein auf dem Bett herumwälzen ließ, sondern die Erinnerung an den Tod der beiden Soldaten, für den er sich immer noch die Schuld gab. Und die absurde Furcht, dass die Welt, die er bei seinem Aufwachen vorfinden würde, wieder nicht mehr dieselbe war wie am Abend.

Noch vor wenig mehr als einem Monat war er nichts anderes, als ein ganz normaler Schüler unter zweihundert anderen gewesen, und nun befand er sich am anderen Ende der Welt, war aus wochenlanger Gefangenschaft geflohen, man hatte auf ihn und seine Freunde geschossen und er hatte erfahren, dass er seit sechs Jahren einen Schutzengel besaß, der unbemerkt über ihn gewacht hatte. Und um das Maß voll zu machen, wusste er immer noch nicht, warum all dies überhaupt geschehen war!

Er drehte sich auf der schmalen Koje herum und gönnte sich noch einige Sekunden, in denen er in dem grauen Zwielicht zwischen Schlaf und Wachsein dahindämmerte. Aber dann spürte er, dass er wieder einzuschlafen drohte, und im gleichen Moment erinnerte er sich an einen Traum, den er in dieser Nacht gehabt hatte; einen Traum, in dem zwei tote Männer an sein Bett getreten waren und vorwurfsvoll auf ihn herabgeblickt hatten. Ihre Kehlen waren durchschnitten gewesen, sodass in ihren Hälsen große, blutige Wunden wie zusätzliche Münder mit leuchtend roten Lippen klafften, sie hatten immer wieder auf ihn gedeutet und schließlich hatte er an sich herabgesehen und erkannt, dass er einen Dolch in der Hand hielt, an dessen Klinge frisches Blut klebte.

An dieser Stelle war zwar der Traum nicht abgebrochen, aber dumpfe, polternde Geräusche und Stimmengewirr drangen in sein Bewusstsein und ließen ihn gänzlich wach werden. Das war ihm nur recht, denn er hatte Angst davor, wieder einzuschlafen. Er fragte sich, ob er jemals wieder würde schlafen können, ohne die Gesichter der beiden Männer zu sehen.

Mike setzte sich auf, gähnte hinter vorgehaltener Hand und rieb sich die Augen. Er hörte jetzt Bens Stimme aus dem Durcheinander heraus, dann die Juans und die Miss McCrooders. Sie alle klangen sehr aufgeregt. Für einen Moment war Mike ernsthaft versucht sich wieder hinzulegen. Er war es einfach leid, sich zu streiten, zu diskutieren oder auch einfach nur irgendeine Entscheidung zu treffen. Für eine Sekunde wünschte er sich nichts mehr, als die Augen aufzuschlagen und festzustellen, dass alles nichts als ein Traum gewesen war.

Der Streit in der benachbarten Kabine wurde lauter. Widerstrebend schwang Mike die Beine von der Liege und stand auf.

Prompt stieß er sich den Kopf an der niedrigen Decke. Mike rieb sich den schmerzenden Schädel. Das Privileg, als Einziger eine Kabine für sich allein zu haben, hatte er mit dem Nachteil bezahlen müssen, dass es der kleinste Raum an Bord war und auch der niedrigste.

Lautlos vor sich hin fluchend öffnete er die Tür, trat auf den Gang hinaus und nur einen Augenblick später in das, was Singh am vergangenen Abend in einem Anfall von Größenwahn als Messe bezeichnet hatte.

Er platzte mitten in eine Rauferei hinein. Ben und Paul waren aufeinander losgegangen.

Wie nicht anders zu erwarten gewesen war, hatte Paul bei dem ungleichen Kampf den Kürzeren gezogen. Er lag auf dem

Rücken, mitten in den Trümmern eines Stuhles, den er bei seinem Sturz offensichtlich zerbrochen hatte, und der einzige Grund, aus dem Ben sich nicht wieder auf ihn stürzte, war wohl Juan, der ihn am Arm gepackt hatte und ihn zurückhielt. Aber Ben war so aufgebracht, dass er sich neuerlich auf ihn stürzen wollte, da trat Miss McCrooder dazu. »Hört sofort auf«, sagte sie scharf. »Gewalt und Streit bringen uns nicht weiter.« Mike ahnte den Grund der Auseinandersetzung.

»Was war hier los?«, fragte er.

»Ben wollte, dass Paul aus dem Zimmer geht, wenn wir miteinander reden«, antwortete Juan.

»Was soll denn der Unsinn?«, fragte Mike. »Stimmt das?«

»Es ist kein Unsinn!«, antwortete Ben gereizt. Er fuhr sich mit dem Handrücken über das Gesicht, um das Blut wegzuwischen, das aus seiner Nase lief. »Ich bleibe nicht in einem Raum mit diesem Spion.«

»Ich dachte, das Thema wäre bereits erledigt«, sagte Mike.

Ben schnaubte. »Und? Ich traue dem Kerl keinen Schritt über den Weg! Hat er uns gestern Abend nicht beinahe ans Messer geliefert?«

»Wie kommst du auf die Idee?«, fragte Mike.

Ben zog eine Grimasse, dann deutete er auf Paul. »Los, frag ihn doch einmal, wer gestern abends einen solchen Krach gemacht hat, dass die Wachen auf uns aufmerksam geworden sind!«

»Ich war es jedenfalls nicht!«, sagte Paul aufgebracht, der sich in der Zwischenzeit vom Boden erhoben hatte.

»Aber das ist doch Unsinn«, widersprach Mike. »Überleg

doch mal! Sie haben auf uns geschossen! Genauso gut hätten sie auch Paul treffen können.«

»Haben sie aber nicht!«, gab Ben ungerührt zurück. »Sie haben überhaupt niemanden getroffen. Ein Dutzend gut ausgebildeter Soldaten schießt aus allen Rohren auf uns und keiner kriegt auch nur eine Schramme ab – findet ihr das nicht auch komisch? Seht euch mal das Deck draußen an. Es sieht aus wie ein Schweizer Käse! Sie müssen ein paar hundert Schuss abgefeuert haben!«

»Vielleicht sind sie miserable Schützen«, sagte Mike. Aber die Worte klangen selbst in seinen eigenen Ohren nicht ganz so überzeugend, wie er es gerne gehabt hätte.

»Oder ganz ausgezeichnete«, antwortete Ben. Mike blinzelte. »Wie meinst du das?«

»Vielleicht haben sie ja absichtlich danebengeschossen«, knurrte Ben. »Wer weiß – vielleicht sollten wir ja entkommen.«

»Also, das ist nun wirklich Quatsch«, sagte Juan. »Warum sollte Winterfeld uns entkommen lassen – nach aller Mühe, die er sich gemacht hat, uns gefangen zu nehmen?«

»Damit wir ihn freiwillig an den Ort führen, den er mit Gewalt nicht von Mike erfahren hat«, sagte Ben. »Solange jemand bei uns ist, der uns auf Schritt und Tritt beobachtet, kann er uns getrost an der langen Leine laufen lassen, nicht wahr?«

»Allmählich reicht es mir«, grollte Paul. Mike hob beruhigend die Hand, aber Paul schob ihn einfach zur Seite, ballte die Fäuste und baute sich herausfordernd vor dem größeren Jungen auf. »Wenn du das wirklich glaubst, dann komm mit mir an Deck, und wir bringen die Sache hinter uns.«

Bens Augen glitzerten tückisch. »Gern«, sagte er. »Kommst du allein oder bringst du deinen Aufpasser mit?« Er deutete auf Mike. »Ich nehm's auch mit euch beiden auf, wenn es sein muss.«

Plötzlich lag eine Stimmung von Gewalttätigkeit in der Luft, die Mike fast anfassen zu können glaubte.

»Jetzt ist es endgültig genug!«, mischte sich Miss McCrooder energisch ein. »Wir wollen lieber überlegen, was wir als Nächstes tun.«

»Wir fahren nach Hause, denke ich«, antwortete Juan schnell. Auch er war froh, dass jemand von dem Streit ablenkte.

»Das glaubte ich bis vorhin auch«, sagte Miss McCrooder. »War einer von euch heute Morgen schon an Deck?«

Ein allgemeines Kopfschütteln antwortete ihr. »Das dachte ich mir. Ich verstehe nicht viel von Nautik, wisst ihr, aber die Himmelsrichtungen kann ich zur Not noch erkennen. Und wenn mich nicht alles täuscht, dann fahren wir auf nordöstlichem Kurs.« Aus dem ernsten Ausdruck auf ihrem Gesicht wurde Sorge.

»Und?«, fragte André.

»Nordöstlicher Kurs, von Rio de Janeiro aus«, erklärte Mike, »bedeutet Kurs aufs offene Meer – nicht wahr?«

Die beiden letzten Worte galten Miss McCrooder, die nur stumm nickte.

»Aber das ist doch Unsinn!«, protestierte Juan. »Dieses Schiff ist viel zu klein, um den Atlantik zu überqueren. Wenn Singh vorhat, damit nach England zurückzusegeln, muss er verrückt sein!«

»Ich fürchte, das hat er nicht vor«, sagte Miss McCrooder. »Ich habe ihn gefragt, wohin wir segeln, aber er hat mir nicht geantwortet.«

»Das war mir leider nicht möglich, Mylady«, sagte Singh von der Tür aus. »Es war mir nicht erlaubt, einem anderen als meinem Herrn das Ziel unserer Reise mitzuteilen.«

Miss McCrooder und die Jungen fuhren erschrocken zusammen. Sie hatten gar nicht gemerkt, dass der Inder die Messe betreten hatte. Es war Miss McCrooder anzusehen, wie peinlich es ihr war, dass der Inder ihre Worte gehört hatte – und auch das verstanden haben musste, was sie nicht ausgesprochen hatte.

»Na, dann erlaube ich es Ihnen jetzt«, sagte Mike, um das unangenehme Schweigen zu brechen. »Wohin segeln wir? Sie haben doch nicht vor, in dieser Nussschale den Atlantik zu überqueren?«

Singh lächelte geheimnisvoll. »Nein, Herr«, sagte er. »Obwohl es durchaus möglich wäre. So eine Reise ist schon von kleineren Schiffen bewältigt worden. Doch unser Ziel liegt auf dieser Seite des Ozeans.«

»Dann könnten Sie ja so freundlich sein, es uns zu verraten«, grollte Ben. »Es sei denn, Sie haben uns nur befreit, um uns zu einer kleinen Kreuzfahrt einzuladen.«

Singh zögerte. Er lächelte noch immer, aber Mike erkannte auch deutlich die Unentschlossenheit, die sich hinter diesem Lächeln verbarg. »Ich ... fürchte, das darf ich nicht«, sagte er schließlich. »Das Ziel unserer Reise ist geheim.«

»He, he!«, protestierte Mike. »Ich habe Ihnen schon gesagt,

dass Sie reden dürfen. Ich habe keine Geheimnisse vor meinen Freunden.«

Singhs Gesichtsausdruck sah plötzlich gequält aus. »Verzeiht mir, Herr«, sagte er. »Aber ich fürchte, ich kann Eurem Befehl nicht gehorchen. Die Anweisungen, die Euer Vater für mich hinterließ, sind eindeutig.«

Mike musste sich beherrschen, um nicht herauszuplatzen. »Nun hören Sie endlich mit dem blödsinnigen Herr auf!«, sagte er. »Mein Name ist Mike Kamala –«

»Nein, Herr«, unterbrach ihn Singh sanft, »das ist er nicht.«

Mike blinzelte. »Nicht?«

Singh schüttelte den Kopf. »Unter diesem Namen seid Ihr in England aufgewachsen, doch er ist falsch. Euer Vater wählte ihn, um euch zu schützen, denn er fürchtete, dass seine Feinde Euch als Druckmittel benutzen würden, wüssten sie von Eurer wahren Identität. Nicht zu Unrecht, wie sich gezeigt hat. Euer wirklicher Name ist Dakkar. Ihr seid Prinz Dakkar.«

Mike sah aus den Augenwinkeln, wie Paul zusammenfuhr und sein Gesicht jede Farbe verlor. Ben und André rissen verblüfft die Augen auf, während Juan nach einer ersten Sekunde der Überraschung auf eine sonderbare Weise zu lächeln begann und Chris ihn mit offenem Mund und unübersehbarer Ehrfurcht anstarrte.

»Prinz Dakkar?«, wiederholte Mike ungläubig.

Singh legte wieder die Hände aneinander und verbeugte sich auf die gleiche Weise wie am Abend zuvor. »Wie Euer Vater vor Euch und dessen Vater vor ihm«, antwortete er. »Und Euer Sohn, solltet Ihr Kinder zeugen und die Linie fortsetzen.«

»Und Sie sind –«

»Euer Diener und Leibwächter«, sagte Singh. »Wie mein Vater der Leibwächter Eures Vaters war und mein Großvater der des seinen.« Er lächelte flüchtig. »Wie Ihr bin auch ich der Letzte meines Geschlechtes.«

»Na, dann haben wir ja wenigstens etwas gemein«, murmelte Mike. Er fühlte sich noch immer wie vor den Kopf geschlagen. Prinz? Er sollte ein leibhaftiger Prinz sein? Das war unfassbar – aber auch ziemlich aufregend. Plötzlich fühlte er ein fast ehrfürchtiges Schaudern.

»Ihr ehrt mich, Herr«, sagte Singh, »doch wir haben nichts gemein. Ihr seid der Sohn eines Radschahs, der den Göttern näher steht als den Menschen, während ich nur ein unbedeutender Krieger aus der Kaste der Sikh bin. Mein Leben zählt nichts, wenn Ihr es befehlt.«

»Dann habe ich gleich den ersten Befehl für dich«, sagte Mike. »Nämlich, dass du in Zukunft keine Befehle mehr von mir annehmen wirst. Du kannst meinetwegen weiter meinen Leibwächter spielen oder unseren Kapitän und Steuermann, aber ich will nicht, dass du dich benimmst, als würdest du mir gehören.«

Singh nickte demütig. Er widersprach nicht, aber Mike spürte auch so, dass er sich diesem Befehl nicht so einfach beugen würde.

»Also gut«, fuhr Mike fort. »Und jetzt kannst du uns endlich verraten, wohin wir fahren.«

Singh seufzte. »Es tut mir Leid, Herr«, sagte er. »Doch ich fürchte, dass ich das nicht kann. Auch ich kenne das Ziel unserer Reise nicht genau. Mein Auftrag war, bis zu Eurem einundzwanzigsten Geburtstag über Euch zu wachen und Euch dann zur Seite zu stehen, um die Vergessene Insel zu finden.«

»Die Vergessene Insel?«

»Der Name, den Euer Vater für dieses Eiland wählte«, erklärte Singh. »Sie ist auf keiner Seekarte verzeichnet. Niemand weiß von ihrer Existenz. Auch ich weiß nur ungefähr, wo sie zu suchen ist. Das Seegebiet, das Euer Vater mir nannte, ist groß genug, um ein Leben lang darin nach ihr suchen zu können. Und es heißt, dass ein Zauber sie beschützt. Die Göttin Kali selbst wacht über das Erbe, das Euer Vater Euch hinterließ.«

Mike gab sich Mühe, sich seine Enttäuschung nicht allzu deutlich anmerken zu lassen. »Aber welchen Sinn soll dieses Erbe haben, wenn niemand weiß, wo es zu finden ist?«, beschwerte er sich.

Singh machte eine enttäuschte Handbewegung. »Der Weg war in den Papieren beschrieben, die Euer Vater für Euch hinterlegt hat«, sagte er. »Ohne sie, fürchte ich, wird es uns kaum möglich sein, die Vergessene Insel zu finden.«

»Ja, und die Papiere hat Winterfeld«, sagte Juan. »Also langer Rede, kurzer Sinn – wir können genauso gut aufgeben. Du hast es selbst gesagt – wir können ein Leben lang nach dieser Insel suchen, ohne sie zu finden. Also ist es nur vernünftig, wenn du uns im nächsten Hafen an Land setzt.«

»Ich fürchte, das wird nicht gehen«, antwortete Singh in einem Tonfall echten Bedauerns, der aber zugleich auch keinen Widerspruch zuließ. Er deutete auf Paul. »Sein Vater besitzt die Papiere meines Herrn. Die Gefahr, dass er sie entschlüsselt und die Position des Eilandes herausfindet, ist zu groß. Das Geheimnis der Vergessenen Insel darf auf keinen Fall in die falschen Hände geraten.«

»Was ist auf dieser Insel verborgen?«, fragte Mike. »Weißt du es?«

Singh nickte.

»Aber du wirst es uns nicht sagen«, fuhr Mike fort, als er begriff, dass der Sikh von sich aus nicht weiterreden würde.

»Das darf ich nicht«, antwortete Singh.

»Auch nicht, wenn ich es dir befehle?«, frage Mike.

»Auch dann nicht«, antwortete Singh. »Es tut mir Leid. Bitte verzeiht mir.«

»Was zum Teufel ist denn das für ein merkwürdiges Geheimnis?«, begehrte André auf. »Du tust ja so, als stünde das Schicksal der ganzen Welt auf dem Spiel.«

»Vielleicht ist das auch so«, antwortete Singh mit großem Ernst.

Mike schauderte. Und er war ganz offensichtlich nicht der Einzige, den Singhs Worte mit einem Gefühl eisigen Fröstelns erfüllten. Auch die anderen blickten den Inder überrascht, aber auch entsetzt an.

In Singhs Worten war etwas gewesen, was sie zu einer düsteren Prophezeiung hatte werden lassen.

Und ganz plötzlich hatte Mike Angst.

Singh stand im Heck des Schiffes, hatte ein Fernrohr an das rechte Auge gehoben und blickte konzentriert nach Süden. Es war nicht das erste Mal an diesem Abend, dass er das tat, und es war auch nicht das erste Mal, dass Mike ihn dabei beobachtete und sich fragte, wonach der Sikh eigentlich suchte. Während der letzten drei Tage hatte Mike ihn sehr oft so dastehen sehen.

Mike beschattete die Augen mit der Hand und blinzelte angestrengt in die gleiche Richtung, ohne allerdings mehr als Wolken und das monotone Silberblau des Ozeans zu erkennen. Sie fuhren jetzt seit drei Tagen nach Norden, wobei sie die meiste Zeit vor dem Wind kreuzten, manchmal aber auch den kleinen Hilfsmotor der Jacht benutzt hatten, und er hatte in diesen drei Tagen nicht viel mehr als eben dies erblickt; vom gelegentlichen Schemen einer Insel oder der dünnen Linie der Küste, der sie sich ein paar Mal genähert hatten, abgesehen. Während der ersten beiden Tage hatte Mike den Anblick genossen. Er war ihm gewaltig vorgekommen, Ehrfurcht gebietend und manchmal – wie jetzt, wenn die Dämmerung hereinzubrechen und die Sonne das Meer mit flüssigem Gold und Rot zu überschütten begann – auch ein bisschen romantisch. Aber all diese Gefühle hatten eines gemeinsam: Sie nutzten sich rasch ab. Mittlerweile ging ihm die Monotonie des Meeres gehörig auf die Nerven. Singhs Schweigen übrigens auch. Der Sikh redete nur, wenn er angesprochen wurde, und er antwortete auch dann nur mit knappen Worten.

»Wonach suchst du eigentlich die ganze Zeit?«, fragte Mike.

Singh setzte das Fernrohr ab, drehte sich halb zu dem Jungen herum und sah ihn ohne Überraschung an. Mike hatte sich alle Mühe gegeben, leise zu sein. Er hatte sogar darauf geachtet, dass sein Schatten nicht in Singhs Gesichtsfeld fiel, damit er ihn nicht verriet. Trotzdem musste Singh schon die ganze Zeit über gewusst haben, dass er da war.

Beharrlich an seiner Schweigsamkeit festhaltend, reichte Singh ihm das Fernrohr und deutete mit der anderen Hand in die Richtung, in die er zuvor geblickt hatte. Mike setzte das Fernrohr an.

Im ersten Moment sah er so gut wie nichts. Der Horizont hüpfte so wild in dem runden, vergrößerten Ausschnitt der Welt auf und ab, den er durch das Glas sah, dass ihm fast schwindelig wurde, und er musste die andere Hand zu Hilfe nehmen, um das Fernrohr ruhig zu halten. Aber auch danach erkannte er nichts anderes als den Horizont – nur etwas näher.

Singh berührte das Fernrohr mit den Fingerspitzen und drückte es ein Stückchen nach rechts und für eine Sekunde blitzte etwas vor Mike auf. Er verlor den Gegenstand sofort wieder aus den Augen, aber nun wusste er, wo er zu suchen hatte, schwenkte das Glas wieder zurück – und erstarrte vor Schreck.

Das Schiff war selbst durch das Fernrohr betrachtet kaum größer als ein Fingernagel; nur ein Umriss, der im regelmäßigen Auf und Ab der Wellen auf dem Horizont erschien und wieder dahinter verschwand, aber Mike wusste trotzdem sofort, was er da sah.

»Die LEOPOLD!« Seine Hände zitterten, als er das Fernrohr wieder absetzte und an Singh zurückgab.

Singh schob das Fernrohr zusammen und verstaute es unter seiner Jacke. »Ich beobachte sie schon seit einer Stunde«, sagte er. »Sie holt auf. Allerdings nicht sehr schnell.«

»Wie lange verfolgen sie uns schon?«, fragte Mike. Er war sehr beunruhigt.

»Die ganze Zeit«, antwortete Singh. Er lächelte flüchtig. »Und wir folgen ihnen.«

»Indem wir vor ihnen hersegeln?«, fragte Mike zweifelnd.

»Das ist ja gerade der Trick«, antwortete Singh. »Es ist unsere einzige Chance, die Vergessene Insel zu finden, wenn wir uns an Winterfelds Fersen heften. Denn seine Aussichten, die Papiere Eures Vaters zu entschlüsseln und die Position der Insel herauszufinden, sind etwa hundertmal besser als unsere, durch blindes Suchen ans Ziel zu gelangen.«

»Was verschweigst du uns noch, Singh?«, fragte Mike. Singh lächelte – und schwieg.

Mike wollte seine Frage wiederholen, als er das Geräusch der sich öffnenden Tür vernahm. Etwas verärgert drehte er sich herum und gewahrte Paul, der gebückt aus der Kajüte trat und grüßend die Hand hob. Mike erwiderte die Geste automatisch, während Singh die Gelegenheit ergriff, sich aus dem Staub zu machen. Allmählich begann Mike das Geschick des Inders zu bewundern, ihm immer wieder auszuweichen, ehe er Gelegenheit fand, ihn wirklich auf ein Thema festzunageln – und das, obwohl die Jacht nun wirklich nicht groß war.

»Hallo, Prinz«, begrüßte ihn Paul – was Mikes Laune auch nicht weiter hob. Er hatte zwar gleich am ersten Morgen klargemacht, dass er sich kein bisschen anders fühlte als vor dem Zeitpunkt, da Singh seine wahre Identität enthüllt hatte, und auch nicht anders behandelt werden wollte (was die anderen sowieso nicht getan hätten), aber natürlich konnte sich keiner der Jungen eine kleine Stichelei dann und wann verkneifen.

»Das Essen ist gleich fertig«, sagte Paul. »Miss McCrooder schickt mich, um dich zu holen. Nicht dass du eine unserer köstlichen Mahlzeiten versäumst und vom königlichen Fleische fällst.«

Mike zog eine Grimasse. Es gab an jedem Tag zumindest einen Moment, an dem sich er und die anderen fast auf das Frachtschiff zurückwünschten – wenn das Essen serviert wurde. Singh hatte den Jungen einen Schnellkurs im Segeln erteilt, sodass sie ihm bei der Führung des Schiffes zur Hand gehen konnten, während Miss McCrooder wie selbstverständlich die Kombüse mit Beschlag belegt hatte und sich um das leibliche Wohl ihrer Schützlinge kümmerte. Der Vorsatz war sicher löblich – aber Miss McCrooder war leider Gottes eine miserable Köchin.

»Gleich«, seufzte Mike mit einem Ausdruck übertriebener Verzweiflung in der Stimme. »Lass mich nur noch ein wenig Kraft sammeln. Außerdem ist der Sonnenuntergang so prächtig.«

Das war allerdings nicht der ganze Grund, aus dem Mike zögerte. Was er durch das Fernrohr gesehen hatte, hatte ihn doch mehr erschreckt, als er zugeben wollte. Fast ohne sein Zutun ging sein Blick wieder nach Süden und irrte über den Horizont. Wahrscheinlich würden noch Stunden vergehen, bis das Schiff nahe genug herangekommen war, um es mit bloßem Auge zu entdecken. Aber er wusste, dass es da war, und dieses Wissen allein bereitete ihm Unbehagen.

»Wonach hältst du Ausschau?«, fragte Paul. Er kniff die Augen zusammen und blickte konzentriert in die gleiche Richtung wie er und für einen Moment war Mike fast sicher, dass er das Schiff seines Vaters sah. Oder wusste, dass es da war.

Der Gedanke gab Mike einen scharfen Stich – und ließ ihn zugleich sein schlechtes Gewissen wieder spüren. Er vertraute Paul; so sehr, dass er ihm ohne zu zögern sein Leben anvertraut hätte. Und doch ... ein winziges Misstrauen war da, wie ein Stachel, der sich in seine Haut gebohrt hatte und den er einfach nicht herausbekam, so sehr er es auch versuchte. Mike schämte sich dieses Gefühls, aber er wurde es einfach nicht los.

»Nein«, antwortete er hastig. »Ich sehe mir wirklich den Sonnenuntergang an, das ist alles.« Paul sah ihm zweifelnd in die Augen und Mike fügte etwas leiser hinzu: »Außerdem wollte ich mit Singh sprechen, was mir aber wieder mal nicht gelungen ist. Ich habe noch nie jemanden gekannt, der so stur sein kann wie er. Und ein solches Geschick hat, direkten Fragen auszuweichen.«

»Stimmt«, sagte Paul. »Sogar solchen, die man noch gar nicht gestellt hat.«

Sie lachten beide. Es war ein sehr entspanntes, befreiendes Lachen und vielleicht war es auch der Grund, aus dem Mike plötzlich den Mut aufbrachte, Paul die Frage zu stellen, die ihm seit drei Tagen auf der Seele brannte:

»Sag mal – tut es dir überhaupt nicht Leid, dass du jetzt bei uns bist statt bei deinem Vater?«

»Du traust mir auch nicht, wie?«, antwortete Paul leise. Mikes Frage schien ihn sehr getroffen zu haben.

»Unsinn!«, erwiderte Mike. »Ich versuche nur mir vorzustellen, wie es sein muss ... immerhin ist er dein Vater, und –«

»Und du bist mein Freund!«, fiel ihm Paul ins Wort, so unerwartet heftig, dass Mike ihn überrascht ansah. Paul schwieg eine Sekunde, biss sich auf die Unterlippe und fuhr dann leiser fort: »Ach zum Teufel! Ich weiß allmählich selbst nicht mehr, was ich glauben soll! Wenn ich an eurer Stelle wäre, dann würde ich mir wahrscheinlich auch nicht trauen. Wenn du mir die Geschichte vor vier Tagen erzählt hättest, hätte ich dich einfach ausgelacht. Mein Vater als Entführer und Attentäter?« Er schüttelte den Kopf.

»Was immer auf dieser Insel ist, muss unvorstellbar wertvoll sein, dass er sich so weit hinreißen lässt. Hast du denn wirklich keine Ahnung, was es sein kann?«

Mike verneinte. »Wie war das?«, sagte er mit einem gequälten Lächeln. »Wenn du mir die Geschichte vor vier Tagen erzählt hättest, hätte ich dich einfach ausgelacht?«

Sie lachten wieder, aber viel leiser als vorhin, und es klang ein wenig unecht. Mike verfluchte sich in Gedanken dafür, diese ganz und gar überflüssige Frage überhaupt gestellt zu haben. Wenn diese Geschichte vorbei war, dachte er, dann würde es wohl eine Menge geben, wofür er sich bei Paul entschuldigen musste. Mike drehte sich zur Reling und blickte wieder auf die See hinaus, diesmal aber ganz bewusst nicht in Richtung der noch unsichtbaren, aber näher kommenden LEOPOLD. Und vielleicht zum ersten Mal, seit dieses Abenteuer begonnen hatte, begann er zu begreifen, dass sich nicht nur die äußeren Umstände seines Lebens verändert hatten. Selbst wenn alles doch noch ein gutes Ende nahm – Mike würde nie mehr derselbe sein wie vorher. Ganz plötzlich wusste er, dass er nie wieder nach Andara-House zurückkehren würde, ganz gleich, wie diese Reise auch endete, ja vielleicht nicht einmal mehr nach England.

Der Gedanke erfüllte ihn mit einer sonderbaren Wehmut. An jenem Morgen in London, als sie das Boot bestiegen und zu der verhängnisvollen Fahrt aufgebrochen waren, war ein Abschnitt seines Lebens zu Ende gegangen, den er nie wieder zurückholen konnte. Was nun vor ihm lag, das war vielleicht aufregend, vielleicht gefährlich, vielleicht sogar besser als die Jahre vorher – aber es war auf jeden Fall unbekannt und aus diesem Grund machte es ihm Angst.

Dieses Gefühl musste deutlich auf seinem Gesicht zu sehen sein, denn Paul legte ihm plötzlich die Hand auf die Schulter und sagte in mitfühlendem Tonfall: »Es wird schon nicht so schlimm werden. Weißt du, ich habe trotz allem ein gutes Gefühl bei der Geschichte. Es gibt tausende von kleinen Inseln in dieser Gegend. Wahrscheinlich schippern wir noch eine Weile durch die Gegend und irgendwann gibt mein Vater auf.«

»Das glaube ich nicht«, sagte Mike. »So schnell gibt dein Vater nicht auf. Er hat zu viel riskiert, um jetzt die Flinte ins Korn zu werfen. Und er ist seinem Ziel ja schon ziemlich nahe.«

»Falls es dieses Ziel wirklich gibt, ja«, sagte Paul. »Wie meinst du das?«

»So, wie ich es sage«, antwortete Paul. »Weißt du, ich habe nichts gesagt, als die anderen dabei waren, aber ein bisschen verrückt kam mir die Geschichte schon vor, die dein schwarzäugiger Schutzengel da erzählt hat. Eine Insel, die von Zauberei geschützt wird! Etwas, was so kostbar ist, dass er es nicht einmal dir verraten darf, worum es sich handelt, obwohl es dir gehört. Irgendwie klingt das alles nach einer Abenteuergeschichte, die sich jemand ausgedacht hat, findest du nicht?« Er lachte. »Am Ende wird er noch behaupten, dass diese Göttin selbst sie beschützt, von der er immer spricht ... wie hieß sie doch gleich?«

Mike starrte ihn an. »Kali«, flüsterte er. Und dann fügte er mit leiser Stimme hinzu: »Das hat er gesagt, Paul. Mein Gott, ganz genau das hat er gesagt!«

»Ich weiß«, sagte Paul. »Und?«

»Ja, verstehst du denn nicht?« Plötzlich schrie Mike fast. »Es heißt, dass Kali selbst über ihr Geheimnis wacht! Und das hier ist Kali!« Er zerrte den Anhänger unter dem Hemd hervor.

Pauls Unterkiefer klappte vor Staunen herab, als er begriff. Er starrte das goldene Abbild der Göttin Kali an. »Du meinst –«

»Ich meine«, unterbrach ihn Mike aufgeregt, »dass wir alle blind gewesen sind. Ich hatte das Ding die ganze Zeit bei mir und Singh hat es sogar gesagt!«

»Aber was soll es uns helfen?«, fragte Paul. »Wir haben es doch schon so oft untersucht.«

Das stimmte. Aber Mike wusste, dass er auf der richtigen Spur war. »Schnell«, sagte er aufgeregt. »Gehen wir zu Singh.«

Sie fanden den Sikh in der Messe, wo er Miss McCrooder dabei zur Hand ging, das Geschirr aufzutragen.

Singh war ein unermüdlicher Arbeiter. Wenn er nicht mit den Segeln hantierte, das Ruder bediente oder über seinen Seekarten brütete, machte er sich auf hundert andere Arten nützlich und half Miss McCrooder sogar beim Kochen.

»Singh!«, rief Mike aufgeregt, ohne auf die fragenden Blicke der anderen Jungen zu achten, die überrascht in ihren Gesprächen innehielten, als Paul und er hereingepoltert kamen. »Ich glaube, ich weiß es jetzt!«, sagte er atemlos. »Hier! Es heißt, Kali selbst wacht über das Geheimnis, erinnerst du dich?«

Er streifte die Kette ab und gab Singh den Anhänger. Der Sikh nahm ihn entgegen, legte ihn auf seine ausgestreckte Handfläche und betrachtete ihn ehrfürchtig. »Kali!«, flüsterte er.

»Mein Vater hat es mir hinterlassen«, antwortete Mike. »Es ist das Einzige, was ich überhaupt von ihm habe.«

Zum ersten Mal, seit Mike den Inder kennen gelernt hatte, war Singh aufgeregt. »Kali«, murmelte er noch einmal. Dann sah er mit einem Ruck auf. »Die Karte«, sagte er. »Ihr habt mir erzählt, dass bei den Papieren Eures Vaters auch eine Seekarte war – erinnert Ihr Euch?«

»Ja, warum?«

»Glaubt Ihr, dass Ihr sie wieder erkennt?«, fragte Singh. Mike nickte zögernd. Er verstand überhaupt nichts vom Kartenlesen, aber schließlich hatte Winterfeld ihm recht genau erklärt, was darauf zu sehen war. »Ich glaube schon – aber wieso?«

Sing schloss die Hand schützend um das Amulett. »Wir brauchen den Tisch«, sagte er dann. »Schnell!«

Natürlich ließen sich die Jungen das nicht zweimal sagen. Unter beifälligen Bemerkungen verschwanden Teller und Besteck in Windeseile. »Aber ... aber das Essen!«, protestierte Miss McCrooder. »Was ist denn mit dem Essen? Ich habe mir solche Mühe gegeben!«

Niemand schenkte ihr Beachtung. Nach kaum einer Minute

war der große Tisch frei und Singh schleppte einen ganzen Arm voll zusammengerollter Seekarten an, die er darauf ablud und eine nach der anderen glatt zu streichen begann.

Mikes Mut sank, als er das Durcheinander von Linien, Zahlen, Markierungen, Längen- und Breitengraden sah. Trotzdem er noch immer davon überzeugt war, dass des Rätsels Lösung tatsächlich irgendwie mit seinem Amulett zu tun hatte, fragte er sich, wie um alles in der Welt sie die Darstellung der Göttin Kali zur Vergessenen Insel führen sollte.

»Also gut«, begann Singh, nachdem er die Karten nacheinander ausgerollt und auf dem Tisch übereinander gestapelt hatte. »Versuchen wir die Karte zu finden, die Winterfeld Euch gezeigt hat.«

Was so leicht gesagt war, erwies sich als zeitaufwendiges und anstrengendes Unterfangen. Singh sortierte zuerst alle Karten, die andere Seegebiete als die Karibik zeigten, aus. Aber es verblieb immer noch ein großer Rest, und als vor Mike nur noch drei Karten lagen, hatte er rasende Kopfschmerzen und brennende Augen.

Aber damit fing die eigentliche Arbeit erst an.

Irgendeine Beziehung zwischen dem Amulett und der Karte musste es geben. Sie versuchten die Größe des Anhängers mit der irgendeiner Insel in Beziehung zu setzen. Nichts. Sie suchten nach einem Eiland oder einer Inselgruppe, die der Form des Amuletts ähnelte. Ohne Ergebnis. Sie suchten nach einer Insel, deren Name ungefähr so klang wie Kali, ohne sie zu finden. Sie ließen das Amulett wie eine Münze auf der Schmalseite über die Karte rollen und hofften, sie würde sie wie durch Zauberei zu ihrem Ziel führen, und taten noch viele andere Dinge, die auf bloßes Herumraten hinausliefen.

Schließlich sprach Juan aus, was sie sich insgeheim alle schon dachten. »Das hat doch keinen Zweck«, sagte er müde. »Wir können noch Jahre suchen, ohne diese verdammte Insel zu finden. Wahrscheinlich ist sie gar nicht auf dieser Karte verzeichnet, sondern nur auf der, die dein Vater dir hinterlassen hat.«

»Wenn das so wäre, hätte mein Vater sie längst gefunden«, sagte Paul. »Wenn es eine Insel gäbe, die nur auf dieser einen Karte verzeichnet ist, dann bräuchte er sie nur mit einer x-beliebigen anderen Seekarte zu vergleichen und schon hätte er sie. Nein, ich wette, dass diese Insel auf keiner Karte der Welt zu finden ist.«

»Welchen Sinn sollte diese Karte dann überhaupt haben?«, fragte André.

An Pauls Stelle antwortete Mike. »Ich weiß es nicht. Aber irgendetwas ... war anders als hier.« Er nahm eine der drei übrig gebliebenen Karten zur Hand und blickte sie konzentriert an. Er hatte immer mehr das Gefühl – nein; er wusste! –, dass er die Lösung im wahrsten Sinne des Wortes in den Händen hielt. Aber sie schien etwas von einem glitschigen Fisch an sich zu haben, immer, wenn er sie wirklich ergreifen wollte, glitt sie ihm zwischen den Fingern hindurch.

»Vielleicht hat dein Vater sie aus dem Gedächtnis gezeichnet und deshalb nicht ganz richtig?«, vermutete Miss McCrooder.

Mike schüttelte den Kopf. »Nein«, sagte er. »Sie sah genau aus wie diese, aber sie war ...« Ganz plötzlich fiel es ihm wieder ein. »Sie war auf Pergament gezeichnet«, sagte er. »Auf ganz dünnem Pergament, das fast durchsichtig war!«

Der Inder sah plötzlich sehr angespannt drein. »Pergament?«, vergewisserte er sich. »Beinahe durchsichtiges Papier?« Mike nickte und Singh fuhr fort: »Erinnert ihr Euch, wie groß sie war?«

»Nicht besonders groß«, antwortete Mike. »Viel kleiner als diese hier. Ich habe mich noch gewundert, warum sie so klein war. Er muss manche von den Zahlen und Buchstaben mit der Lupe geschrieben haben.«

»Das ist es!«, sagte Singh. »Ich glaube, Ihr habt die Lösung gefunden.«

»So?«, murmelte Mike. »Na, wenigstens einer glaubt das.«

Singh lächelte flüchtig. Er stand auf »Wir haben kein Pergament an Bord«, sagte er, »und auch nicht das nötige Werkzeug, um eine wirklich genaue Karte zu zeichnen. Aber vielleicht geht es auch anders herum.« Er trat an den Kartenschrank und kam gleich darauf mit Schere, Klebstoff, Reißnägeln und einigen starken Kartons zurück.

»Was hast du vor?«, fragte Mike.

Singh lächelte abermals, antwortete aber auch jetzt nicht, sondern wandte sich an Juan. »Darf ich Euch bitten, mir eine der Laternen von Deck zu bringen?« Als Juan sich gehorsam entfernte, deutete Singh auf die Karte und reichte André die Reißnägel. »Befestigt sie an der Wand«, sagte er. »Direkt über dem Tisch. Und möglichst gerade.«

Für jemanden, dessen Lebensinhalt das Dienen und Gehorchen war, dachte Mike, verstand sich Singh ziemlich gut aufs Befehlserteilen. Aber er sagte nichts, sondern sah wortlos weiter zu, was geschah. Juan brachte die Laterne, und während André mit Bens Hilfe die Karte an der Wand befestigte, begann Singh aus dem Karton einen rechteckigen Kasten zu falten, in dessen Vorderseite er ein kleines, rundes Loch schnitt. Behutsam platzierte er die Laterne in der Mitte der Tischplatte, zündete sie an und stülpte den schwarzen Kasten darüber, sodass ihr Licht fast vollkommen abgeschirmt wurde. Schließlich bat er Miss McCrooder die Gaslampe herunterzudrehen, die die Messe erhellte.

Mike sog überrascht die Luft zwischen die Zähne, als das Licht matter wurde und schließlich ganz erlosch. Es wurde nicht vollständig dunkel. Durch das Loch, das Singh in den Karton geschnitten hatte, fiel ein kegelförmiger Lichtstrahl auf die Karte an der Wand. Singh rückte die Lampe ein paar Mal hin und her, bis der gelbe Kreis aus Licht genau auf das Zentrum der Karte gerichtet war. Dann nahm er das Amulett und setzte es in den ausgeschnittenen Kreis in der Pappe, der genau der Größe des Schmuckstückes entsprach.

Das Ergebnis war verblüffend. Singhs improvisierte Laterna magica projizierte die Umrisse des Amuletts zigfach vergrößert auf die Karte an der Wand. Singh bewegte das Amulett noch ein paar Mal vorsichtig, um es endgültig auszurichten, aber plötzlich war es, als glitte es ganz von selbst in die richtige Position. Und obgleich Mike bereits geahnt hatte, was geschehen würde, fühlte er doch ein fast ehrfürchtiges Schaudern, als Singh die Hand schließlich zurückzog.

Der Schatten der Göttin war über eine Gruppe von sieben kleinen Inseln gefallen. Ihre Füße ruhten auf zwei lang gestreckten Atollen, die genau nebeneinander angeordnet waren, und fünf ihrer sechs Hände berührten jeweils eine winzige Insel. Nur die sechste, linke obere Hand deutete ins Leere. Aber plötzlich wusste Mike, dass das gar nicht stimmte. Die Karte war nicht korrekt. In diesem einen Punkt stimmten alle Karten der Welt nicht. Denn dort, wohin Kalis sechste Hand wies, lag die Vergessene Insel Prinz Dakkars.

Sie brauchten vier Tage, um die Position zu erreichen, die ihnen der Schatten Kalis verraten hatte. Das Wetter war günstig und die ganze Zeit über wehte ein kräftiger Wind, sodass sie sich nur mit Hilfe der Segel fortbewegen und so kostbaren Treibstoff sparen konnten. Wahrscheinlich hätten sie die Insel bereits am Abend des vierten Tages erreichen können, doch Singh entschied, dass es sicherer war, bis zum nächsten Sonnenaufgang zu warten. Sie ankerten am westlichen Rand einer Inselgruppe, die aus drei großen und dutzenden von kleinen Atollen bestand, zwischen denen sich ein wahres Labyrinth gefährlicher Riffe erhob. Niemand hatte Einwände dagegen gehabt, das Hindernis erst am nächsten Morgen zu durchqueren, denn dieses Unternehmen war wahrscheinlich schon bei Tageslicht lebensgefährlich. Bei Dunkelheit war es purer Selbstmord. So gingen sie zeitig schlafen, um am nächsten Tag in aller Herrgottsfrühe weiterzusegeln. Trotz großer Aufregung bei dem Gedanken an das, was sie am nächsten Tag erwarten mochte, schliefen sie alle bald ein. Ihren Verfolger hatten sie beinahe vergessen.

Aber dieser sie nicht.

Mike wachte mitten in der Nacht auf, und er wusste zwar nicht, was, aber ganz genau, dass ihn etwas geweckt hatte. Schritte? Stimmen? Vielleicht auch nur eine Welle, die sich am Rumpf des Bootes gebrochen hatte; oder irgendetwas war umgefallen. Aber er war nicht von selbst wach geworden.

Mike lauschte eine ganze Weile in die Dunkelheit hinein. Er hörte jetzt nichts mehr, aber er wusste, dass er sowieso keinen Schlaf mehr finden würde. Ein Blick auf die Uhr verriet ihm, dass die Sonne in einer guten halben Stunde bereits wieder aufging, und dann segelten sie ohnehin weiter. Also stand er auf, zog sich an und verließ seine Kajüte sehr leise, um die anderen nicht zu wecken.

Als er auf Zehenspitzen durch den niedrigen Gang schlich, drang ihm ein leichter, brandiger Geruch in die Nase – eine Mischung aus verschmortem Holz und brennendem Gummi, wie ihm schien. Mike verzog das Gesicht zu einem wehleidigen Grinsen – Miss McCrooders Essen gestern Abend hatte ungefähr so geschmeckt.

Gebückt näherte er sich der Tür, streckte die Hand nach der Klinke aus – und erstarrte mitten in der Bewegung. Der Brandgeruch wurde stärker. Es war nicht das Abendessen von gestern, das er roch. Der Geruch kam ... von draußen!

Roter Feuerschein schlug ihm entgegen, als er die Tür öffnete und auf das Deck hinaustrat. Eine dichte Qualmwolke hüllte das hintere Drittel des Schiffes ein.

»Feuer!«, schrie Mike. »Feuer an Bord!«

Er hustete, hob schützend die Hand vor das Gesicht und

bewegte sich vorsichtig in die schwarze Qualmwolke hinein, in der es immer wieder weiß und orangerot aufloderte. Asche, glühend heiße Luft und brennende Stofffetzen wehten ihm entgegen und das Deck unter seinen nackten Füßen war bereits unangenehm warm. Ein Blick nach oben zeigte ihm, dass das Segel noch nicht Feuer gefangen hatte. Aber das allein war schon ein kleines Wunder und es war nur noch eine Frage von Augenblicken, bis es geschehen würde.

Die Hitze machte ihm das Atmen schwer und trieb ihm die Tränen in die Augen, sodass er kaum noch sah, was vor ihm lag, sondern halb blind auf das Zentrum des lodernden weißen Lichtes zustolperte. Er war sich der Gefahr, in der sie allesamt schwebten, auf eine sonderbar distanzierte Art bewusst, fast als wäre er nur ein unbeteiligter Zuschauer, und außerdem erschien ihm die Vorstellung, auf einem Schiff auf hoher See zu verbrennen, so absurd, dass er Mühe hatte, gegen ein hysterisches Lachen anzukämpfen.

Mike hatte fast das Heck der Jacht erreicht, als ihm klar wurde, dass es gar nicht das Schiff war, das brannte. Die Flammen schlugen aus dem kleinen Beiboot, das an einem Tau achtern angebracht war, aber sie brannten so hoch und mit solch wütender Kraft, dass es sich nur noch um Augenblicke handeln konnte, bis sie auf die Jacht selbst übergriffen. Taumelnd und mühsam um jeden Atemzug kämpfend, erreichte er das Heck, fiel auf die Knie und versuchte das Tau zu lösen, mit dem das kleine Ruderboot festgebunden war.

Mike schrie vor Schmerz, als seine Finger das Metall der niedrigen Reling berührten. Es war glühend heiß. Eine Sekunde lang hockte er wimmernd da und presste die versengten Handflächen gegen den Leib, dann biss er die Zähne zusammen und versuchte es noch einmal.

Es war aussichtslos. Der Knoten hatte sich so festgezogen, dass er eine Brechstange gebraucht hätte, um ihn aufzubekommen, und er konnte nicht einmal richtig zupacken, denn auch das Tau selbst war mittlerweile so heiß, dass seine Berührung wehtat. Außerdem hatte der Wind gedreht, sodass die Flammen nun direkt in seine Richtung züngelten. Trotzdem riss und zerrte er verzweifelt weiter an dem Tau; mit dem einzigen Ergebnis allerdings, dass er sich die Fingernägel abbrach und Blut über seine versengten Hände lief.

Hinter ihm wurden aufgeregte Stimmen laut. Schreie und das hastige Poltern von Schritten drangen durch das Prasseln der Flammen zu ihm. Das Holz unmittelbar vor ihm war bereits schwarz und in dem gesprungenen Lack begannen sich die ersten kleinen Glutnester festzusetzen. Noch eine Minute, allerhöchstens, und die Reling würde aufflammen wie ein Stück trockener Zunder. Mike raffte noch einmal all seine Kraft zusammen und zerrte mit aller Gewalt an dem Knoten. Aber er wusste, dass er es nicht schaffen würde.

Und dann war plötzlich Singh neben ihm. Mit einer Hand packte er Mike, riss ihn in die Höhe, in der anderen hielt er einen Dolch. Der Stahl durchtrennte das Tau und die Strömung, die das Boot bis jetzt unruhig auf der Stelle hatte hüpfen lassen, ergriff es sofort und trieb es davon. Die Flammen, die noch vor einer Sekunde wie die gierigen Hände eines tausendfingrigen glühenden Ungeheuers nach dem Schiff gezüngelt hatten, griffen plötzlich ins Leere und der Qualm begann sich zu lichten. Mike konnte wieder atmen.

Alles um ihn begann sich zu drehen. Er hustete qualvoll, wankte und wäre zusammengebrochen, hätte Singh ihn nicht im letzten Moment aufgefangen. Ihm war entsetzlich übel und er begann die Schmerzen in seinen Händen und die Atemnot erst jetzt richtig zu spüren. Durch einen Schleier aus Tränen und Schwäche nahm er wahr, wie plötzlich auch die fünf anderen und Miss McCrooder neben ihm auftauchten und ihn mit Fragen zu bestürmen begannen. Aber er war viel zu schwach, um zu antworten. Er verstand nicht einmal die einzelnen Worte.

»Lasst ihn in Ruhe!«, sagte Miss McCrooder schließlich. »Seht ihr denn nicht, wie es ihm geht? Er ist –« Sie brach ab. Mike hörte, wie sie scharf die Luft einsog. »Deine Hände!«, sagte sie erschrocken. »Mein Gott, Mike – was ist mit deinen Händen?«

Mike antwortete auch darauf nicht – aber er konnte einen Schmerzensschrei nicht unterdrücken, als sie nach seinen Händen griff, um sie zu begutachten.

»Schnell!«, sagte sie. »Helft mir, ihn unter Deck zu bringen! Wir müssen ihn versorgen.«

Mike wusste nicht, wer es war, der ihn unter den Armen ergriff und mehr unter Deck trug, als er ihn führte; er war einer Ohnmacht so nahe, wie es nur ging.

Erst endlose Minuten später kam er wieder halbwegs zu sich. Er saß auf der Bank in der Messe und seine Hände steckten in dicken, weißen Verbänden, die so hinderlich und unpraktisch waren wie Fausthandschuhe. Die Verbrennungen, die er sich zugezogen hatte, waren gottlob nicht ganz so schlimm gewesen, wie es bei all dem Blut und Ruß auf seiner Haut ausgesehen hatte; trotzdem würde er spätestens am nächsten Morgen ein paar gehörige Brandblasen haben und sich wahrscheinlich tagelang jeden Handgriff dreimal überlegen müssen, den er tat. Aber alles in allem hätte es schlimmer kommen können – um nicht zu sagen, er hatte Glück gehabt.

Miss McCrooder war gerade dabei, ihm das zum ungefähr fünften Mal zu versichern, als Singh und die anderen Jungen zurückkamen. Chris hatte Miss McCrooder dabei assistiert, Mikes Hände zu verbinden, während Paul, Juan, Ben und André dem Sikh geholfen hatten, das Schiff gründlich nach Schäden zu inspizieren und vor allem nach Glutnestern Ausschau zu halten, damit ihnen die Jacht nicht doch noch über den Köpfen abbrannte, wenn sie schon glaubten es geschafft zu haben.

Singhs erste Frage galt natürlich Mike. »Wie geht es Euch, Herr?«, erkundigte er sich besorgt. »Seid Ihr schwer verletzt?«

»Danke«, antwortete Mike. »Ich fühle mich schon wieder ganz gut. Es ist nicht so schlimm.«

Miss McCrooder hatte ihm zwar eindringlich erklärt, dass es nicht besonders schlimm war und er nicht einmal eine Narbe zurückbehalten würde, aber seine Hände fühlten sich an, als hätte jemand angefangen ihm die Haut abzuziehen; und zwar jemand, der mit Feuereifer bei der Sache war.

»Ihr habt großes Glück gehabt«, fuhr Singh fort. »Ihr hättet schwer verletzt oder gar getötet werden können. Wir alle haben großes Glück gehabt. Wäre das Feuer auch nur wenige Minuten später entdeckt worden –«

»Das hat nichts mit Glück zu tun«, sagte Mike. »Ich habe jemanden gehört.«

Juan, der unmittelbar neben Singh stand, riss ungläubig die Augen auf, aber der Sikh schien kein bisschen überrascht. »Jemanden gehört? Wen?«

»Keine Ahnung«, sagte Mike. »Aber irgendjemand ist auf Deck herumgeschlichen. Ich bin davon wach geworden. Deshalb habe ich das Feuer rechtzeitig entdeckt.« Während er dies sagte, ließ er seinen Blick aufmerksam von einem Gesicht zum anderen schweifen. Aber er fand nirgendwo ein verräterisches Blinzeln oder auch nur so etwas wie Verlegenheit. Wer immer es gewesen war, er hatte sich ausgezeichnet in der Gewalt.

»Moment mal«, sagte Ben. »Soll das heißen, jemand hat das Feuer ... gelegt?«

»Wenn nicht der Blitz auf dem Beiboot eingeschlagen hat, ist das wohl die einzige Erklärung«, antwortete Mike.

»Es war so«, sagte Singh ruhig. »Hier. Das habe ich aus dem Wasser gefischt.« Er warf ein Stück Segeltuch auf den Tisch, das er bis jetzt zusammengeknüllt in der Hand gehalten hatte. Mike griff ungeschickt mit seinen bandagierten Händen danach und sofort fiel ihm der stechende Geruch auf.

»Petroleum?«, fragte er.

Singh nickte. »Ja. Deshalb brannte das Boot wie eine Fackel. Es wäre völlig aussichtslos gewesen, es löschen zu wollen.«

»Das heißt, wir haben einen Verräter an Bord«, grollte Ben. Er sah Paul bei diesen Worten durchdringend an, und natürlich reagierte dieser ganz genau so, wie Mike befürchtet hatte.

»Was starrst du mich so an?«, schnappte er. »Glaubst du, dass ich es war?« Ben verzog abfällig die Lippen. »Zuerst das kleine Missgeschick bei unserer Flucht und jetzt das – du musst uns wirklich für sehr blöd halten, wie?«

»Kaum«, antwortete Paul herausfordernd. »Ausgenommen dich vielleicht. Glaubst du, ich bin verrückt und zünde das Schiff an, auf dem ich selbst bin? Ich wäre zusammen mit euch verbrannt oder ertrunken. Denk mal darüber nach, Schlaumeier.«

Singh deutete auf den petroleumgetränkten Lappen, den Mike wieder auf den Tisch zurückgelegt hatte. »Ich glaube, dass der, der das Feuer gelegt hatte, selbst nicht mit einem solchen Erfolg rechnete.«

»Natürlich nicht«, sagte Paul sarkastisch. »Ich wollte nur das Beiboot versenken, dass sich niemand damit aus dem Staub machen konnte. Kann ja sein, dass einer vorhat nach England zurückzupaddeln.«

»Ich denke nicht, dass es dem Attentäter darum ging, das Boot zu versenken«, erwiderte Singh, noch immer sehr ruhig.

»Worum dann?«, fragte Mike.

Singh machte eine vage Handbewegung. »Ein solches Feuer sieht man auf dem Meer meilenweit«, sagte er. »Noch dazu nachts.« Er seufzte. »Es wird gleich hell. Wir müssen die Segel setzen. Ich bin ziemlich sicher, dass wir bald Gesellschaft bekommen.«

Sing behielt Recht. Nicht einmal zehn Minuten später begann der erste graue Schimmer der Dämmerung das Samtblau der Nacht zu zersetzen und sie segelten los. Und als das Licht heller wurde und sie weiter sehen konnten, erblickten sie die

LEOPOLD, die weniger als fünf Meilen entfernt war und mit voller Kraft auf die kleine Segeljacht zuhielt.

Ungeachtet seiner indischen Abstammung hatte Mike nie an ein vorherbestimmtes Schicksal geglaubt oder gar daran, dass es irgendwelche Mächte gab, die dieses Schicksal steuerten und sich irgendwie um das Tun und Sein der Menschen kümmerten. Aber wenn es sie gab, dachte er, dann hatten sie einen besonders bizarren Sinn für Humor und eine Schwäche für grausame Scherze.

Ihre verzweifelte Flucht dauerte nunmehr gute vier Stunden. Die LEOPOLD war in dieser Zeit ein halbes Dutzend Mal so nahe gekommen, dass sie die Gestalten an Deck des riesigen Kriegsschiffes erkennen konnten, und ebenso oft so weit zurückgefallen, dass sie kaum mehr ein Schatten auf dem Horizont gewesen war.

Das Schlachtschiff war sehr viel schneller als die kleine Segeljacht, aber Singh hatte sich als überaus geschickter Steuermann erwiesen, und es war ihm immer wieder gelungen, eine Fahrrinne in dem Labyrinth aus winzigen Inselchen und Atollen zu entdecken, die zu flach für den gepanzerten Giganten war, oder eine Passage zwischen zwei Riffen, durch die sie hindurchschlüpfen konnten, während ihr Verfolger das Hindernis weitläufig umschiffen musste und dabei wertvolle Zeit verlor. Singh hatte mit dem deutschen Kriegsschiff regelrecht Katz und Maus gespielt. Zwei- oder dreimal hatten sie sogar ernsthaft geglaubt, der LEOPOLD entkommen zu sein, aber das Schiff war stets wie ein Gespenst wieder hinter ihnen erschienen, ein unheimlicher, riesiger Verfolger, den sie einfach nicht abschütteln konnten, ganz egal, wie sehr sie es auch versuchten. Aber nun war ihre Glückssträhne endgültig zu Ende. Sie hatten die Gruppe aus Inseln und Korallenriffen hinter sich gelassen und wieder Kurs auf offene Gewässer genommen, und in diesen war die LEOPOLD mit ihren mächtigen Maschinen der Jacht haushoch überlegen. Sie kam immer näher.

Vielleicht hätte Mike den Gedanken, dieses Rennen am Ende doch zu verlieren, sogar noch akzeptiert, denn er bildete sich nicht ernsthaft ein, das Glück gepachtet zu haben. Was es ihm – und allen anderen auch – so schwer machte, sich in die scheinbar unvermeidliche Niederlage zu schicken, war der Umstand, dass sie ihr Ziel beinahe erreicht hatten. Vor einer halben Stunde hatte Singh wortlos auf einen Schatten gedeutet, der vor ihnen auf dem Horizont erschienen war, und obwohl er kein einziges Wort gesagt hatte, wusste Mike, was vor ihnen lag.

Die Vergessene Insel.

Der Anblick erfüllte Mike mit Zorn und Enttäuschung, die ihm fast die Tränen in die Augen trieb. Während der letzten halben Stunde war aus dem Punkt am Horizont eine gewaltige Felseninsel geworden, die wie eine von der Hand der Natur erschaffene, uneinnehmbare Festung aus dem Meer ragte. Mike schätzte ihre Größe auf eine gute Meile. Ihre Flanken erhoben sich nahezu senkrecht aus dem Wasser, das sich in tosender Gischt an den Felsen brach, und wenn man genau hinsah, konnte man die verräterischen Wellen erkennen, die sich schon etliche Dutzend Meter davor auf der Wasseroberfläche bildeten. Die Insel musste von einem wahren Schutzwall aus Riffen und unterseeischen Felsen umgeben sein, der es nahezu unmöglich machte, sich ihr zu nähern, geschweige denn an Land zu gehen. Doch selbst wenn es ihn nicht gegeben hätte – sosehr sich Mike auch anstrengte, er konnte nirgends etwas wie einen Strand erkennen, keine Bucht, kein Fleckchen, an denen die Wellen nicht mit furchtbarer Wucht gegen den Fels brandeten. Jeder Versuch, die Insel anzulaufen, konnte nur in einer Katastrophe enden. Vielleicht gab es auf der anderen Seite des Eilandes eine Möglichkeit, es zu erreichen, ohne dass das Schiff vorher von Riffen aufgeschlitzt und anschließend gegen die Steilküste geworfen und zerschmettert wurde, aber Mike wusste, dass ihnen nicht mehr die Zeit blieb, danach zu suchen. Die LEOPOLD hatte sie fast eingeholt.

Er drehte sich herum und sah zu Winterfelds Schlachtschiff zurück, wie er es in den letzten zehn Minuten unzählige Male getan hatte. Die Jacht schoss mit prall geblähten Segeln vor dem Wind dahin und Singh hatte den Hilfsmotor eingeschaltet, um auch noch das letzte bisschen Geschwindigkeit aus dem Schiff herauszuholen. Trotzdem näherte sich die LEOPOLD unaufhaltsam. Mike hatte sogar das Gefühl, dass das Schiff sein Tempo ein wenig gedrosselt hatte; wahrscheinlich hatte man auch dort die Gefahr bemerkt, die von den verborgenen Riffen ausging, und wollte kein unnötiges Risiko eingehen. Und warum auch? Sie konnten dem Schiff nicht mehr entkommen. Und selbst wenn, dachte Mike – sie hatten Winterfeld schließlich genau dorthin geführt, wohin er gewollt hatte. Für einen Moment fragte er sich allen Ernstes, ob der deutsche Kapitän ihre Flucht nicht im Stillen unterstützt – oder zumindest stillschweigend geduldet – hatte, damit genau das passierte, was nun geschehen war.

Er verscheuchte den Gedanken. Es war müßig, sich den Kopf zu zerbrechen. In spätestens einer Stunde würden sie alle Antworten erfahren; wahrscheinlich sogar eher.

Nun konzentrierte er sich wieder auf das, was vor ihnen lag. Singh hatte den Kurs der Jacht abermals ein wenig korrigiert, sodass sie nun beinahe parallel zu der Insel dahinjagten, statt sich ihr in spitzem Winkel zu nähern. Der Anblick war majestätisch und Furcht erregend zugleich. Die Insel war bar jeglicher Vegetation und ihre Flanken erhoben sich nicht nur scheinbar, sondern tatsächlich vollkommen gerade aus dem Meer. Sie sah aus wie ein titanischer Felspfeiler, den jemand zwanzig oder dreißig Meter über dem Wasser abgeschnitten hatte. Wahrscheinlich gab es dort oben ein Plateau, auf dem sich das verbarg, was immer das wahre Geheimnis dieser Insel war.

Der Gedanke, so kurz vor dem Ziel zu scheitern, machte Mike fast krank. Er wandte sich zu Singh um, der hoch aufgerichtet hinter dem Ruder stand und die Insel und vor allem das Meer keine Sekunde aus den Augen ließ.

»Gibt es denn gar keine Möglichkeit, zu entkommen?«, fragte er.

Er rechnete nicht mit einer Antwort. Vermutlich brachte er sie alle in Gefahr, wenn er Singh ablenkte, denn in diesen tückischen Gewässern konnte schon ein Moment der Unaufmerksamkeit zum Verhängnis werden. Trotzdem antwortete Singh nach einigen Sekunden.

»Vielleicht«, sagte er. »Wenn wir die andere Seite erreichen, haben wir eine kleine Chance. Aber es wird gefährlich.«

Mike hätte um ein Haar gelacht. Gefährlich? Was glaubte Singh denn, was ihre Reise bisher gewesen war? Trotzdem fragte er: »Wie gefährlich?«

»Es könnte unser aller Leben kosten«, antwortete Singh. Er hörte sich nicht so an, als erschrecke ihn dieser Gedanke sonderlich.

»Aber wir haben eine Chance?«, vergewisserte sich Mike.

»Eine kleine«, sagte Singh. »Wenn unser Vorsprung reicht und die Götter auf unserer Seite sind.«

Mike sah wieder zur LEOPOLD zurück. Was Singhs Götter anging, so maßte er sich kein Urteil an – aber die LEOPOLD war tatsächlich langsamer geworden. Sie kam noch immer näher, aber ihr Vorsprung schmolz jetzt nicht mehr so rasch wie bisher.

»Dann versuch es«, sagte er.

Singh zögerte. »Es ist nicht nur Euer Leben, über das Ihr entscheidet«, sagte er. »Habt Ihr Eure Freunde gefragt, ob Ihr auch ihre riskieren dürft?«

Mike sah ihn betroffen an. Es machte ihn verlegen, dass Singh ihn darauf hatte aufmerksam machen müssen. Aber er musste gar nicht fragen. Alle anderen standen in Hörweite und er empfand ein Gefühl tiefer Dankbarkeit, als er die Zustimmung in ihren Augen erkannte. Aber er spürte auch die Last der Verantwortung, die damit auf seine Schultern gelegt worden war.

»Versuch es«, sagte er leise, aber sehr entschlossen.

Das Schiff schoss weiter wie ein Pfeil auf den Wellen dahin und die steinernen Flanken der Felseninsel jagten nur so an ihnen vorüber, und trotzdem hatte Mike plötzlich das Gefühl, als liefe die Zeit zehnmal langsamer. Die LEOPOLD fiel weiter hinter ihnen zurück und die bisher unsichtbare Rückseite der Vergessenen Insel tauchte nun vor ihnen auf.

Mike hatte alle Mühe, seine Enttäuschung zu verbergen. Die Rückseite der Insel unterschied sich in nichts von der Vorderseite. Der Fels war wie eine solide Mauer, in der es nicht die kleinste Lücke zu geben schien.

Plötzlich wehte ein dumpfer Knall über das Meer zu ihnen heran. Kaum eine Sekunde später hörten sie ein schrilles, immer lauter werdendes Heulen und dann schoss eine turmhohe, weiße Gischtsäule kaum hundert Meter vor dem Bug der Jacht in die Höhe. Die Druckwelle ließ die Jacht erbeben wie ein welkes Blatt im Sturm, und ein ganzer Schwall eiskalten Wassers ergoss sich über das Deck und durchnässte sie bis auf die Knochen. Singh fluchte lauthals in seiner Muttersprache und drehte wie wild am Ruder, um das Schiff auf dem plötzlich kochenden Meer auf Kurs zu halten, und Mike klammerte sich an der Reling fest.

»Was war das?«, keuchte André erschrocken.

»Was soll das schon gewesen sein, Schlaumeier?«, fragte Ben böse. »Pauls Vater macht Ernst.« Er durchbohrte Paul mit Blicken. »Das war ein Warnschuss. Und ich gehe jede Wette ein, der nächste trifft.«

Auch Paul war von der Erschütterung fast von den Füßen gerissen worden. Mühsam rappelte er sich wieder hoch und sah zur LEOPOLD zurück. Sein Gesicht war völlig weiß geworden.

»Das kann doch nicht sein!«, stammelte er. »Das kann er doch nicht machen!«

Als hätte sie nur auf ein Stichwort gewartet, gab die LEO-

POLD in diesem Moment einen zweiten Schuss auf sie ab. Diesmal lag der Einschlag wesentlich näher. Plötzlich drehte Singh mit aller Kraft und so schnell am Ruder, dass sich das Schiff auf die Seite legte, wie ein Radfahrer in einer scharfen Kurve. Der Mast ächzte unter der Belastung und das Segel war plötzlich so straff gespannt, als wolle es zerreißen. Erschrockene Schreie gellten über das Deck und vor Mikes ungläubig aufgerissenen Augen vollführte die Jacht ein Manöver, das er nie für möglich gehalten hätte. Sie machte praktisch auf der Stelle kehrt und jagte nun direkt auf die Felseninsel zu – und auf die gefährlichen Riffe davor!

»Singh!«, kreischte Mike entsetzt. »Willst du uns umbringen?«

Singh schien seine Worte nicht zu hören, sondern hielt das Boot mit eiserner Hand weiter auf Kurs. Mike klammerte sich wieder an der Reling fest. Doch der vernichtende Aufprall, auf den er wartete, kam nicht. Rechts und links der Jacht durchstießen immer wieder spitze Felsen die Wasseroberfläche, aber die Fahrrinne unmittelbar vor ihnen war frei. Es gab einen Weg durch die Riffe und ganz offensichtlich kannte Singh ihn.

Allerdings fragte sich Mike, wohin Singh überhaupt wollte. Selbst wenn sie die Riffe überwanden – vor ihnen war nichts als senkrechter, unübersteigbarer Fels, an dessen Fuß sich die Wellen mit Urgewalt brachen. Trotzdem hielt Singh immer weiter auf die Insel zu. Die Jacht wurde immer schneller und schwankte manchmal nach rechts oder links, wenn der Inder dem Verlauf der unsichtbaren Fahrrinne folgte. Dann und wann schrammte etwas unter dem Rumpf entlang oder schlug unter Wasser gegen die Bordwand.

Mike sah zur LEOPOLD zurück. Das große Schiff war noch weiter zurückgefallen und verlor jetzt sichtlich mehr und mehr an Tempo. Sein Kapitän hatte wohl eingesehen, dass er der Jacht nicht auf demselben Weg folgen konnte, und zog es vor, sein Schiff nicht unnötig in Gefahr zu bringen.

Das brauchte er auch nicht. Mike beobachtete voller Entsetzen, wie einer der großen Geschütztürme am Vorderdeck herumschwenkte, sich genau auf die Jacht richtete – und eine grelle Feuerzunge ausstieß!

Der dumpfe Knall und die weiße Schaumexplosion vor ihnen erfolgten nahezu gleichzeitig. Die Jacht erzitterte wie unter einem Hammerschlag. Holzsplitter und winzige, scharfkantige Steintrümmer regneten auf sie herab und in dem Segel über Mikes Kopf gähnte plötzlich ein fast metergroßes, schwarz gerändertes Loch. Winterfeld machte nun tatsächlich Ernst.

»Der nächste Schuss trifft«, sagte Paul. In seinem Gesicht stand das pure Entsetzen geschrieben. »Sie bringen uns um.«

Selbst Mike glaubte mittlerweile nicht mehr daran, dass die LEOPOLD nur Warnschüsse abgab. Winterfeld wollte sie vielleicht nicht umbringen, aber er schien entschlossen, die Jacht unter allen Umständen zu stoppen, und nahm dabei in Kauf, sie zu verletzen oder auch einen oder mehrere von ihnen zu töten. Mike sah, wie das Geschützrohr ein wenig herumschwenkte. Verzweifelt blickte er nach vorne. Die Felswand raste regelrecht auf sie zu. Noch ein paar Sekunden und sie würden daran zerschellen, falls sie nicht vorher von einer Granate getroffen und in Stücke gerissen wurden!

Und das Schiff schoss weiter auf die Insel zu. Die Felsen

kamen näher, immer schneller und schneller, wie eine granitene Faust, die sie zerschmettern würde – und dann waren sie plötzlich fort und da, wo vor einer Sekunde noch eine scheinbar unüberwindliche Barriere gewesen war, tat sich ein schmaler Kanal auf. Hinter ihnen erscholl wieder ein dumpfer Knall und gleich darauf die Explosion der Granate, die diesmal die Felswand getroffen hatte. Aber sie waren in Sicherheit.

Mike kam aus dem Staunen nicht mehr heraus und auch die anderen sahen sich mit offenen Mündern um. Der Kanal war vollkommen gerade, als hätte jemand eine gigantische Axt genommen und die Insel mit einem einzigen Schlag gespalten. Das Wasser floss ruhig dahin, und nach dem Lärm und dem Tosen der vergangenen Minuten kam ihnen die Stille fast unheimlich vor.

»Das ist ... fantastisch«, flüsterte Mike.

Singh lächelte. »Ich sagte doch, dass die Insel durch einen mächtigen Zauber geschützt wird.«

Mike widersprach dem Sikh nicht, obwohl er ahnte, dass es wohl eher eine optische Täuschung als Zauberei war, die die Einfahrt verbarg – aber das änderte nichts am Ergebnis.

Und die Wunder waren noch nicht vorbei. Der Kanal war ungefähr hundert Meter lang, dann mündete er in einen kreisrunden, gut eine Meile messenden See. Die Insel war nicht massiv, sondern eine gewaltige Mauer, die diesen See umgab.

Den Strand, den sie auf der äußeren Seite der Insel vermisst hatten, fanden sie nun hier – und noch mehr. Das Äußere der Insel bot sich als kahler, salzverkrusteter Felsen dar, auf dem kein Leben Fuß gefasst hatte – aber ihr Inneres quoll geradezu davon über. Bis dicht unter die Kanten der natürlichen Schutzmauer erhob sich das Blätterdach eines schier undurchdringlichen Dschungels, in dem es überall raschelte, huschte, knisterte, pfiff, kreischte und schrie. Vögel erhoben sich aus dem Blätterdach und begannen schimpfend über dem Boot zu kreisen, das ihre Ruhe störte, und Mike sah eine Anzahl kleiner Affen, die sich schnatternd von Ast zu Ast schwangen und ihnen ein Stück am Ufer folgten. Es war ein fantastischer, wunderbarer Anblick, ein vergessenes Paradies, das vielleicht seit Jahrmillionen, vom Rest der Welt vergessen, existierte.

Singh deutete schweigend nach vorne. Auf dem flachen, fast weißen Sandstrand erhob sich ein knappes Dutzend großer Gebäude von sonderbarer Bauweise. Mikes Herz begann schneller zu schlagen. Er ahnte, dass das Geheimnis der Vergessenen Insel nun zum Greifen nahe vor ihnen lag.

Als sich das Schiff langsam den Bauwerken auf der anderen Seite des Kratersees näherte, sah Mike, dass es sich bei vielen nur mehr um Ruinen handelte. Die Gebäude, aus tonnenschweren Felsquadern erbaut und einer sonderbar fremdartigen, auf eine beunruhigende Weise zugleich aber auch vertraut erscheinenden Geometrie folgend, waren zum Teil zerstört, zum Teil von Schlingpflanzen und Moos überwuchert, mit denen der Dschungel das Gelände zurückzuerobern begann, das ihm der Mensch einst abgetrotzt hatte. Nirgends war auch nur die mindeste Spur menschlichen Lebens zu sehen. Vor den Türen und Fensteröffnungen spannten sich große Spinnennetze oder Vorhänge aus Schlingpflanzen. Die Ansiedlung war verlassen, begriff Mike, und das schon seit ziemlich langer Zeit.

Singh steuerte die Jacht so nahe an den Strand heran, wie er konnte – was ihrer Größe wegen nicht nahe genug war, um trockenen Fußes an Land zu gehen. Aber da sie ohnehin alle bis auf die Haut durchnässt waren, machte es niemandem etwas aus, die letzten Meter an Land zu waten. Mike selbst trat als Erster an die Reling heran und wartete ungeduldig, dass das Schiff zur Ruhe kam. Doch Singh winkte ihn zurück.

»Warte«, sagte er. »Es ist besser, wenn wir zusammenbleiben.«

»Wieso?«, fragte Mike. »Hier lebt doch niemand mehr, oder?«

»Die Ruinen sind nicht ungefährlich«, erwiderte Singh. »Und viel größer, als es den Anschein hat. Es ist besser, wenn wir vorsichtig sind.«

Mike sah den Inder scharf an. Ihm war keineswegs entgangen, dass Singh seiner Frage geschickt ausgewichen war, statt sie wirklich zu beantworten.

»Jemand sollte beim Schiff zurückbleiben«, sagte Miss McCrooder. »Was ist, wenn es abgetrieben wird?« Sie klang ziemlich nervös und Mike musste nicht einmal in ihr Gesicht sehen, um die mühsam unterdrückte Furcht zu erkennen.

»Das ist nicht nötig«, antwortete Singh. »Wir brauchen es nicht mehr. Außerdem bleibt uns vielleicht nicht mehr genug Zeit, um zurückzugehen und den zu holen, der hier geblieben ist.«

»Wieso?«, fragte Miss McCrooder erschrocken.

»Weil wir die Insel auf einem anderen Wege verlassen«, antwortete Singh geduldig. »Wenn wir Erfolg haben, in Freiheit. Und wenn nicht – als Gefangene auf dem Kriegsschiff.«

»Als Gefangene? Aber ... aber sie können doch auf keinen Fall hierher kommen, oder?«, stammelte Miss McCrooder. »Ich meine, sie kennen die Passage nicht und das Schiff ist viel zu groß, um hier hereinzukommen.«

»Die LEOPOLD sicher«, sagte Paul. »Aber sie hat Beiboote. Und sie haben gesehen, wohin wir gefahren sind.«

»Ich fürchte, Paul hat Recht«, sagte Singh. »Sie werden bestimmt eine Weile brauchen, um die Passage durch die Riffe zu finden. Vielleicht verlieren sie sogar ein Boot dabei oder auch mehr. Trotzdem glaube ich nicht, dass wir mehr als zwei oder drei Stunden haben.«

»Eher weniger«, sagte Paul düster. »Unterschätzt meinen Vater nicht. Ich kenne ihn. Und die Männer, die er bei sich hat, sind verdammt gut.«

»Sicher«, höhnte Ben. »Deshalb sind wir ihnen ja bisher auch entkommen, nicht wahr?«

»Sei lieber froh, dass es so ist«, sagte Mike rasch und ehe Paul antworten konnte. Die Zeit, die ihnen noch blieb, war einfach zu kostbar, um sie mit einem weiteren sinnlosen Streit zu vergeuden. Mit einer beinahe befehlenden Geste wandte er sich an den Sikh. »Also los! Geh voraus, Singh.«

Der Sikh war der Erste, der über Bord sprang. Sofort versank er bis an die Hüften im glasklaren Wasser, drehte sich noch einmal um und hob die Arme, um den anderen zu helfen. Mike, Paul, Juan, Ben und André ignorierten seine angebotene Hilfe, während Miss McCrooder und auch Chris sich von seinen starken Armen über die Reling heben und so weit zum Ufer hin absetzen ließen, wie es ging. Mike spürte, wie sich ein sonderbares Gefühl in ihm breit zu machen begann, während sie den flachen Strand hinaufwateten. Es war eine Mischung aus Neugier, mühsam beherrschter Angst vor dem, was sie vielleicht entdecken mochten, und Faszination.

In den ersten Minuten jedenfalls gewahrten sie nichts als Ruinen und moosbedeckte Steine. Ein paar kleine Tiere huschten davon, als sie sich vorsichtig dem ersten der großen Quaderbauten näherten, die den Strand säumten, und einmal glaubte er einen Schatten hinter einem Fenster zu sehen, der hastig zurückzuckte, als er genauer hinsah, war sich aber nicht sicher. Aus dem Dschungel drang ihnen eine verwirrende Vielfalt von Gerüchen und Geräuschen entgegen, doch nichts davon war menschlichen Ursprungs. Und trotzdem ... Er konnte es nicht begründen, aber Mike hatte mit jedem Schritt, der sie den Ruinen näher brachte, mehr das Gefühl, aus unsichtbaren Augen beobachtet zu werden.

Schließlich wurde es so stark, dass er stehen blieb und sich an Singh wandte. »Bist du sicher, dass hier niemand mehr ist?«, fragte er.

»Es ist lange her, dass ich hier war«, antwortete Singh. »Du warst schon einmal hier?«, fragte Mike überrascht.

Singh nickte. »Vor langer Zeit«, sagte er.

»Aber du ... hast doch gesagt, du wüsstest nicht, wo die Insel liegt!«, sagte Mike.

»Das war auch die Wahrheit«, erwiderte Singh mit einem um Verzeihung bittenden Lächeln. »Ich war Passagier auf dem Schiff Eures Vaters, damals. Müsstet Ihr jetzt aus England lossegeln – ohne die Karte und Euer Amulett –, würdet Ihr diese Insel wieder finden?« Mike musste zugeben, dass an diesem Argument etwas dran war. Vermutlich würde er die Vergessene Insel nicht einmal mit der Karte seines Vaters wieder finden. Singhs Worte erklärten auch, wieso er von der verborgenen Passage durch die Riffe gewusst hatte. Und doch ... völlig stellte Mike diese Antwort nicht zufrieden. Singh verschwieg ihm etwas, selbst jetzt noch.

Das Gefühl, beobachtet zu werden, wurde stärker, als sie in das erste Gebäude eindrangen.

Aber was sie im Inneren des leer stehenden Hauses sahen, das war so erstaunlich, dass es Mike so sehr in seinen Bann schlug und er seine Furcht beinahe vergaß. Von außen hatte das Gebäude zwar groß und irgendwie sonderbar gewirkt, ein gigantischer, aber eindeutig primitiver Bau, wie er ihn aus seinen Schulbüchern und Zeitschriften kannte, am ehesten noch vergleichbar mit den zyklopischen Ruinen, wie sie in Ägypten oder auch Mexiko gefunden worden waren; Zeugnisse einer untergegangenen Kultur, die riesenhafte Bauwerke zu erschaffen imstande gewesen, aber über einen gewissen niedrigen Stand der Technik nicht hinausgekommen war.

Hier stimmte das nicht. Nicht einmal im Entferntesten.

Was sich vor Mike und den anderen ausbreitete, als sie durch die halb eingestürzte Tür traten, das war einmal eine Maschinenhalle gewesen. Von ihrer ehemaligen Einrichtung war nicht viel geblieben – was nicht fortgeschafft worden war, das hatten Erosion und Zeit zernagt, sodass sie im Grunde nur Staub und Rost fanden – aber man konnte noch deutlich sehen, wo einst gigantische Maschinen gestanden haben mussten. Riesige Fundamente erhoben sich aus dem grünen Teppich, der den Boden wieder überwuchert hatte. Hier und da ragte ein zerfressenes Rohr aus dem Boden, hingen die zerborstenen Reste einer Rohrleitung von den Wänden oder ringelten sich mächtige Kabel wie die zerrissenen Adern eines riesigen metallenen Tieres von der Decke. Es gab eine Anzahl runder, wie geschmolzenes Silber schimmernder Pfützen, in deren unmittelbarer Nähe nichts gedieh und denen Singh in respektvollem Bogen auswich, und wenn man erst einmal wusste, wonach man zu suchen hatte, entdeckte man bald die Stellen, an denen Schalttafeln gehangen haben mussten, Löcher in den steinernen Wänden, wo einst technische Apparaturen gewesen waren, und grün überwucherte Konturen, die trotz allem zu regelmäßig waren, um von der Hand der Natur erschaffen worden zu sein. Es gehörte tatsächlich nur noch ein wenig Fantasie dazu und man glaubte noch das machtvolle Geräusch der riesigen Maschinen zu hören, das diesen Raum einst erfüllt hatte wie das Schlagen eines metallenen Herzens.

»Was ist das hier, Singh?«, fragte Mike. Unwillkürlich hatte er die Stimme zu einem Flüstern gesenkt, aber die Akustik dieser Halle war ebenso fremdartig und bizarr wie alles andere – seine Stimme wurde gebrochen und mehrfach verstärkt, sodass die Worte als verzerrtes Echo zurückkamen. Singh antwortete nicht, sondern gab ihm mit einer Geste zu verstehen, dass er still sein sollte, und Mike gehorchte. Plötzlich hatte er das verrückte Gefühl, an einem Ort zu sein, an dem der Klang menschlicher Stimmen nichts zu suchen hatte.

Singh deutete auf eine Tür auf der anderen Seite des Raumes. Sie durchquerten die Halle und gelangten in einen zweiten, viel kleineren Raum, dessen Decke eingestürzt war, sodass helles Sonnenlicht hereinfiel. Sein Anblick war fast noch bizarrer als der des großen Maschinenraumes, obgleich die Natur auch hier bereits begonnen hatte, das verlorene Terrain zurückzuerobern. An einer Wand erhob sich etwas, was wie ein mit Knöpfen und Schaltern übersäter Schreibtisch aussah. Eine Anzahl rechteckiger, matter Glasscheiben von grauer Farbe waren darin eingelassen und Mike entdeckte Beschriftungen in einer fremdartigen, sonderbar anmutenden Schrift, der nichts ähnelte, was er je zuvor gesehen hatte. Neugierig ging er hin und streckte die Hand nach einem der Knöpfe aus.

»Rühr nichts an!«, sagte Singh und in seiner Stimme lag ein so erschrockener Ton, dass Mike hastig die Hand zurückzog und einen Schritt zur Seite machte, ehe er sich zu dem Sikh umwandte.

»Was ist das hier?«, fragte er.

»Nichts Besonderes.« Singh versuchte nicht mehr seine Unruhe zu verbergen. »Aber es ist besser, wenn wir nichts anfassen.«

»Wieso bist du so nervös, wenn es nichts Besonderes ist?«, fragte Juan misstrauisch. »Der ganze Kram funktioniert doch nicht mehr, oder? Ich meine, das kann er doch gar nicht.«

»Sicher nicht«, antwortete Singh hastig und in einem Tonfall, der seinen Worten eine Menge von ihrer Glaubhaftigkeit nahm. »Aber es ist besser, vorsichtig zu –«

Hinter ihnen polterte etwas und Singh brach mitten im Wort ab und fuhr herum.

Unter der Tür, durch die sie gerade gekommen waren, war eine Gestalt erschienen. Mike konnte den Mann nur als Silhouette erkennen, aber er sah ganz deutlich das Gewehr, das er in den Händen hielt. Die Mündung der Waffe schwankte drohend hin und her und richtete sich dann direkt auf Singh, als der Sikh eine Bewegung machte. Miss McCrooder stieß einen halblauten Schreckensruf aus und schlug die Hand vor den Mund. Ben spannte sich sprungbereit, während die anderen – Mike eingeschlossen – vor Schreck erstarrten.

Für die Dauer von zwei, drei Atemzügen rührte sich niemand, auch der Mann unter der Tür nicht. Dann hob Singh ganz langsam die Arme und drehte die leeren Handflächen nach außen; eine Geste, die wohl zu allen Zeiten und bei allen Völkern verstanden werden musste. Sehr vorsichtig machte er einen Schritt auf den Fremden zu, blieb aber sofort wieder stehen, als dieser drohend das Gewehr hob. Mike überdachte blitzschnell ihre Chance, den Fremden zu überwältigen, bevor er mit seiner Waffe Schaden anrichten konnte. Sie standen nicht sehr gut. Zweifellos konnte er sie nicht alle erwischen – aber seine Position unter der Tür war so gut, dass er bestimmt zwei oder drei von ihnen niedergeschossen hätte, ehe sie ihn auch nur erreichten.

»Trautman?«, fragte Singh. Er machte einen weiteren Schritt auf den Fremden zu und blieb wieder stehen, als sich die warnende Bewegung des Gewehres wiederholte. Mike sah den Sikh überrascht an.

»Wer ist das, Singh?«, fragte er. »Kennst du ihn?« Singh reagierte nicht auf seine Worte, aber die Gestalt unter der Tür bewegte sich nun ebenfalls. Mit einem Schritt trat sie aus dem Schatten heraus; aus dem schwarzen Umriss wurde ein Körper und Mike konnte erkennen, dass der Mann sehr alt war. Früher einmal musste er nicht nur groß, sondern ein wahrer Riese gewesen sein, aber seine Schultern waren unter der Last der sicherlich achtzig Jahre, die er zählte, nach vorne gesunken. Sein Gesicht war schmal und von tiefen, wie mit Messern eingegrabenen Falten sowie einem kurz geschnittenen, weißen Vollbart beherrscht. Von der gleichen Farbe war auch sein Haar, das in dünnen Strähnen fast bis auf die Schultern herabhing. Er trug eine zerschlissene, dunkelblaue Jacke, von deren Ärmeln das Gold dreier dünner, paralleler Streifen abblätterte, und eine ehemals weiße Hose.

Aber so alt und gebrechlich seine Gestalt wirkte – der Blick seiner Augen strafte diesen Eindruck Lügen. Mike begriff, dass sie vielleicht einem alten Mann, aber ganz bestimmt keinem Greis gegenüberstanden.

»Trautman?«, fragte Singh noch einmal. »Sind ... Sie das?«

Er machte einen weiteren Schritt und diesmal schien der Alte nichts dagegen zu haben – er senkte das Gewehr ein wenig, sodass seine Mündung nun nicht mehr unmittelbar auf Singhs Gesicht wies.

»Wer seid Ihr?«, fragte er. »Woher kennt Ihr meinen Namen? Seid Ihr ...« Er stockte. In das misstrauische Glitzern seiner Augen mischte sich ein Ausdruck nur allmählich aufdämmernden Erkennens.

»Singh?«, murmelte er. »Bist ... du das?«

Plötzlich verschwand der angespannte Ausdruck von Singhs

Zügen. Ein befreites Lächeln breitete sich auf seinem Gesicht aus. Er nahm die Hände herunter. »Es ist lange her«, sagte er. »Ich hatte schon Angst, dass Sie mich nicht mehr erkennen würden.«

»Singh?«, wiederholte Trautman staunend. Er senkte das Gewehr, machte aber keine Anstalten, dem Sikh entgegenzugehen, sondern blickte noch immer mit deutlichem Misstrauen von einem zum anderen. Vor allem an Mikes Gesicht blieb sein Blick hängen; dann schüttelte er den Kopf, als hätte er sich selbst in Gedanken eine Frage gestellt und gleich beantwortet. »Das habe ich wirklich nicht«, sagte er. Er schüttelte den Kopf. »Du warst fast noch ein Kind, als du das letzte Mal hier warst. Wer sind die anderen? Warum seid ihr gekommen? Und was ist das für ein Schiff, das draußen vor der Passage kreuzt? Wieso haben sie auf euch geschossen? Und was sind das für Kinder, Singh? Wieso bringst du sie hierher? Du weißt, dass das verboten ist.«

»Ich hatte keine andere Wahl«, antwortete Singh. »Die Männer draußen auf dem Schiff haben uns verfolgt. Sie haben von Dakkars Erbe erfahren und suchen es.«

»Und dann bringst du sie geradewegs hierher?«, fragte Trautman. »Ist das deine Art, seine Befehle zu befolgen?«

»Ich musste es tun«, antwortete Singh. Er schwieg eine Sekunde, dann deutete er mit einer Handbewegung auf Mike. »Seinetwegen.«

Trautmans Aufmerksamkeit richtete sich abermals auf Mike und wieder fühlte sich der Junge von den dunklen Augen des alten Mannes wie durchbohrt. Und dann begannen Trautmans Hände, die noch immer das Gewehr hielten, zu beben.

»Das ... das kann doch nicht sein«, flüsterte er schließlich.

Singh lächelte. »Er ist es, Trautman. Nemos Sohn.«

»Nemo?«, sagte Juan verblüfft.

Der alte Mann begann zu zittern. Es war schwer, unter all den Falten und Runzeln in seinem Gesicht irgendeinen Ausdruck zu erkennen, aber Mike spürte, dass er mit aller Macht um seine Beherrschung kämpfte. Seine Augen begannen feucht zu schimmern.

»Tatsächlich«, murmelte er schließlich. »Er ... er ist es. Großer Gott, er ... er sieht genau aus wie sein Vater. Als ... als wäre er wieder auferstanden.« Plötzlich fuhr er herum und wandte sich fast schreiend an Singh: »Warum bringst du ihn hierher? Du weißt, was sein Vater befohlen hat! Du hast geschworen, ihm diese Last niemals –«

»Er kann nichts dafür«, unterbrach ihn Mike.

Trautman fuhr mit einem Ruck wieder herum. »Verzeiht, junger Herr«, sagte er, »aber ich fürchte, Ihr wisst nicht, wovon Ihr sprecht. Das Geheimnis dieser Insel muss für alle Zeiten gewahrt bleiben. Es war der letzte Wunsch Eures Vaters, und wir haben beide geschworen, eher unser Leben zu opfern als ihn nicht zu respektieren.«

»Singh hat uns allen das Leben gerettet«, fuhr Mike fort. »Wir sind nicht freiwillig hier. Die Männer dort draußen auf dem Schiff hatten mich und die anderen entführt, weil sie das Geheimnis dieser Insel wollten. Singh hat uns befreit.«

»Stimmt das?«, fragte Trautman.

Singh nickte. »Ja. Es bleibt keine Zeit mehr, um Ihnen alles genau zu erklären. Aber er sagt die Wahrheit. Sie haben uns bis hierher verfolgt, aber sie hätten die Insel auch ohne uns gefunden, denn der Kapitän des Schiffes ist im Besitz der Papiere von Prinz Dakkars Vater. Wir mussten Sie warnen. Ich hoffe nur, wir sind nicht zu spät gekommen.«

»Dann ist alles verloren«, sagte Trautman. »Sie werden die Passage entdecken und das alles hier finden.« Sein Blick schien plötzlich mitten durch Singh hindurch ins Leere zu gehen. »Du weißt, was das bedeutet.«

»Noch haben wir etwas Zeit«, erwiderte Singh hastig. »Was ist mit dem Schiff? Mit etwas Glück können wir die Insel verlassen, ehe sie den Weg durch die Riffe gefunden haben.«

Trautman lächelte bitter. »Nein«, sagte er. »Das können wir nicht, Singh. Du kennst Nemos Befehl so gut wie ich.«

Singh machte eine ärgerliche Handbewegung. »Er konnte nicht ahnen, was geschehen würde«, sagte er. »Seien Sie vernünftig, Trautman! Wollen Sie, dass sein Sohn stirbt?«

»Natürlich nicht«, antwortete Trautman. Er lächelte noch immer auf diese seltsam traurige Art. »Es hat nichts mit Wollen zu tun, Singh«, sagte er. »Ich ...« Er stockte, suchte einen Moment nach den richtigen Worten und drehte sich dann zur Seite, um sein Gewehr an die Wand neben der Tür zu lehnen.

»Es spielt jetzt ohnehin keine Rolle mehr«, sagte er. »Also kommt mit.«

Während sie Trautman wieder in den angrenzenden, großen Raum und zu einer zweiten, verborgenen Tür folgten, tauschte Mike einen Blick mit Singh, aber der Sikh tat so, als verstünde er die unausgesprochene Frage in seinen Augen nicht. Mike sah ihm allerdings deutlich an, dass er vielleicht zum ersten Mal, seit sie sich kennen gelernt hatten, tatsächlich Angst hatte.

Sie durchquerten die Halle und begannen eine schmale, steil in die Tiefe führende Treppe hinabzusteigen, ehe es ihm gelang, an Singhs Seite zu kommen. »Wer ist das, Singh?«, fragte er im Flüsterton.

»Ein Vertrauter Eures Vaters«, antwortete Singh. »Ein Freund. Vielleicht der einzige, den er jemals wirklich hatte. Er hat geschworen, sein Erbe bis zu seinem Tod zu beschützen.«

»Meines Vaters?«, wiederholte Mike zweifelnd. »Oder dieses ... wie hat er ihn genannt? Nemo?«

Nun lächelte Singh. »Noch einen kleinen Moment Geduld, Herr«, sagte er. »Ihr werdet gleich alles verstehen.«

Die Treppe führte scheinbar endlos in die Tiefe. Mike gab es nach hundert Stufen auf, die Schritte zählen zu wollen, aber als sie endlich ihr Ende erreicht hatten, war er sicher, dass sie sich tief unter dem Meeresspiegel befinden mussten, und die Vorstellung erfüllte ihn mit Unbehagen. Er glaubte die Millionen und Abermillionen Tonnen Wasser fast körperlich zu fühlen, die auf dem Stein über ihren Köpfen lasteten, und war da nicht ein leises Knistern, das regelmäßige Geräusch von fallenden Tropfen und das Mahlen von Fels, der unter dem unvorstellbaren Gewicht genau in diesem Moment nachzugeben begann, und –

Der Gedanke endete so abrupt wie abgeschnitten. Mikes Augen weiteten sich. Er blieb stehen, als wäre er an eine unsichtbare Wand geprallt. Einer der anderen stolperte gegen ihn, aber das spürte Mike nicht einmal. Für die nächsten, schier endlosen Sekunden registrierte er rein gar nichts von dem, was um ihn herum vorging. Er stand einfach da und starrte an Singh und Trautman vorbei in die Tiefe.

Der Gang führte auf eine schmale, steinerne Galerie hinaus, die sich in gut zwanzig Metern Höhe an den Wänden einer gewaltigen Höhle entlangzog, deren Boden allerdings nur zu einem kleinen Teil aus massivem Fels bestand. Der weitaus größte Teil wurde von den Fluten eines natürlichen, unterseeischen Hafens bedeckt.

Und direkt unter ihnen lag der Koloss.

Das Schiff – wenn es ein Schiff war, denn Mike hatte nie zuvor etwas gesehen, was diesem fantastischen Gefährt auch nur ähnelte – musste an die hundert Meter lang sein und war von schlanker Form, die an eine stählerne Zigarre erinnerte. Der Rumpf bestand aus Stahl, der in einem unheimlichen, graugrünen Farbton schimmerte. Etwa in seiner Mitte erhob sich ein buckeliger, flacher Turm, zu dem eine Anzahl eiserner Leitersprossen emporführten. Zwei große, runde Fenster aus gewölbtem Glas vermittelten den Eindruck starrender Fischaugen, und wie um diese Ähnlichkeit noch zu betonen, hatte das Schiff eine gewaltige, senkrecht wie die Finne eines Wales in die Höhe ragende Heckflosse. Der Bug endete in einem langen, mit metallenen Kanten und Klingen versehenen Sporn, wie die natürliche Waffe eines übergroßen Sägefisches, und vom Bug bis zum Heck des Schiffes zog sich ein stählerner Stachelkamm. Das riesige Gefährt ähnelte viel weniger einem Schiff als einem bizarren Urweltungeheuer, das nach Jahrmillionen zu neuem Leben auferstanden war.

Mike hatte keine Fragen mehr. Es gab nichts, was Singh oder Trautman hätten erklären müssen. Er kannte jetzt das Geheimnis der Vergessenen Insel. Er hatte es im selben Moment begriffen, in dem sein Blick auf die fast mannshohen Buchstaben fiel, in denen der Name des Schiffes an seinem Bug stand:

NAUTILUS

Obwohl im Moment vielleicht nichts so kostbar war wie Zeit, schwiegen Singh und Trautman geduldig, bis Mike den Schock, den ihm der Anblick des Tauchbootes bereitet hatte, so weit überwand, um langsam weiterzugehen. Eine steile, geländerlose Treppe führte in die Tiefe, bei deren Anblick allein Mike normalerweise schwindelig geworden wäre. Jetzt bemerkte er den Abgrund nicht einmal, der neben ihm gähnte.

Auch als er näher kam, verlor das Schiff nichts von seiner unheimlichen Faszination. Im Gegenteil: Mike konnte sich einfach nicht satt sehen. Er hatte immer mehr das Gefühl, einem Etwas gegenüberzustehen, das zwar künstlich erschaffen, trotzdem aber mehr als nur eine Maschine war. Er konnte nicht sagen, was es war, was er empfand. Das Gefühl, das der Anblick der NAUTILUS in ihm auslöste, war zu gewaltig, um es in Worte zu fassen. Endlich, nach Minuten, wurde das fast ehrfürchtige Schweigen gebrochen.

»Die NAUTILUS!«, flüsterte Paul. »Es ... es gibt sie wirklich. Dann ist alles wahr, was man sich erzählt. Die ... die ganzen Geschichten sind wahr!«

Mike löste widerstrebend seinen Blick von dem Unterseeboot und wandte sich zu Paul um. Er und die anderen waren ihm gefolgt, aber in einiger Entfernung stehen geblieben und jeder reagierte auf andere Weise auf den Anblick des Schiffes:

erstaunt, ungläubig, erschrocken oder entsetzt. Einzig Chris schien gar nicht zu begreifen, was er da sah.

Plötzlich erinnerte sich Mike wieder an den Schrecken, mit dem Paul reagiert hatte, als er das erste Mal seinen wirklichen Namen hörte. »Du hast das gewusst, nicht wahr?«, fragte er. »Dein Vater hat dir gesagt, was wir auf dieser Insel finden.«

»Nein!« Pauls Stimme klang erschrocken. »Kein Wort, das schwöre ich! Aber ... aber jeder hat doch schon von Kapitän Nemo und der NAUTILUS gehört. Du doch auch!«

Das stimmte. Wer hätte nicht von dem fantastischen, unbesiegbaren Unterseeboot gehört, mit dem der sagenumwobene Kapitän Nemo die Weltmeere befahren hatte?

»Ich habe es für eine Legende gehalten«, fuhr Paul fort. Seine Stimme zitterte und sein Blick irrte unstet über den Rumpf der NAUTILUS. »Wir alle haben das! Niemand hat geglaubt, dass dieses Schiff wirklich existiert!«

»Euer Vater hat dafür gesorgt, dass es so ist«, fügte Singh hinzu. »Es war seine letzte Tat. Nachdem er die NAUTILUS zu dieser Insel gebracht hat, verließ er sie noch einmal und sorgte dafür, dass aus den Geschichten um die NAUTILUS Legenden wurden. Es war nicht sehr schwer, glaube ich. Die Menschen sind nur zu schnell bereit, das, was sie nicht verstehen können, als Märchen abzutun.«

»Deshalb ist Winterfeld also auf dem Weg hierher«, murmelte Miss McCrooder. Die Worte waren an niemanden Bestimmten gerichtet. Sie schien mit sich selbst zu sprechen. Langsam ging sie an Paul und den anderen vorbei und näherte sich dem Schiff. Sie war bleich. »Er muss geahnt haben, was er hier finden würde. O Gott. Mit diesem Schiff wäre er ... unbesiegbar!«

»Er könnte die Welt beherrschen«, bestätigte Singh. »Oder zerstören«, fügte Trautman leise hinzu.

Miss McCrooder wandte mit einem Ruck den Kopf und starrte ihn an. »Das meinen Sie nicht ernst!«, sagte sie. »Ich meine, es ... es ist ein gewaltiges Schiff, aber doch nicht mehr!«

»Ich fürchte, Sie irren sich, Mylady«, sagte Trautman. »Im Vollbesitz seiner Kräfte wäre dieses Schiff unbesiegbar. Niemand könnte es aufhalten oder zerstören. Nemo hat seine Möglichkeiten niemals völlig genutzt, denn er erkannte, welche Gefahr es darstellt. Schließlich brachte er die NAUTILUS hierher und sorgte dafür, dass sie die Insel nie wieder verlassen konnte.«

»Moment mal«, sagte Ben. »Soll das heißen, wir können nicht damit von hier verschwinden?«

»Mit der NAUTILUS?« Trautman schüttelte lächelnd den Kopf. »Wäre es so, hätte ich euch niemals hierher gebracht.« Er deutete auf das Wasser vor dem Schiff. »Der Tunnel, der zu dieser Höhle führt, ist verschüttet. Nemo sprengte ihn, bevor er die Insel endgültig verließ. Ein gewaltiger Felsen blockiert den Eingang. Ihr hättet ihn eigentlich sehen müssen. Es ist das einzige Riff, das die Wasseroberfläche auf dieser Seite der Insel durchbricht.«

»Aber wenn man ihn wegschaffen könnte –«

Trautman unterbrach ihn. »Das ist unmöglich. Wir würden Tonnen von Sprengstoff benötigen. Und Zeit. Wir haben keines von beiden.«

»Dann ist alles verloren«, sagte Ben düster. »Winterfeld ist in spätestens zwei Stunden hier. Er wird das Schiff finden.«

»Nein«, antwortete Trautman, »das wird er nicht. Das Geheimnis dieses Schiffes darf niemals wieder in die Hände eines einzelnen Menschen fallen. Die Macht, die die NAUTILUS darstellt, ist zu gewaltig.«

»Na prima«, sagte Ben. »Und was wollen Sie tun? Sie schwarz anmalen, damit er sie nicht findet, oder schnell die Tür zumauern?«

»Ich werde tun, was Kapitän Nemo mir befohlen hat«, sagte Trautman ernst. »Was ich schon längst hätte tun sollen.« Er sah Singh an, und obwohl keiner von beiden etwas sagte, ja nicht einmal eine Miene verzog, spürte Mike doch ganz deutlich, dass Trautman dem Sikh eine Frage stellte und dieser sie auf die gleiche, lautlose Weise beantwortete. Nach einer Weile wandte sich Trautman schweigend um und ging auf eine Tür in der Wand zu. Sie war so wuchtig und schwer wie die eines Geldschrankes und Trautman brauchte all seine Kraft, um sie zu öffnen.

»Was hat er vor?«, fragte Ben misstrauisch, nachdem der alte Mann verschwunden war.

Singh antwortete nicht, auch als Mike die Frage wiederholte. So verging sicher eine Minute, bis Singh mit einem Seufzen aus seiner sonderbaren Erstarrung erwachte und die Hand hob. »Wir müssen gehen«, sagte er.

»Er wird die NAUTILUS zerstören, nicht wahr?«, fragte Mike leise.

Singhs Antwort bestand nur aus einem angedeuteten Nicken.

»Aber das ist doch Wahnsinn!«, begehrte Ben auf. »Das ... das ist das fantastischste Schiff, das es jemals auf der Welt gegeben hat! Wenn auch nur die Hälfte von dem stimmt, was man sich darüber erzählt, dann ist es –«

»Eine Waffe«, fiel ihm Mike ins Wort. »Die furchtbarste Waffe, die man sich nur vorstellen kann.«

Ben starrte ihn verständnislos an, aber auf Singhs Lippen erschien ein dankbares Lächeln. »Ich habe gehofft, dass Ihr so denkt«, sagte er. »Ihr seid also damit einverstanden, dass wir sie zerstören?«

»Würde es etwas ändern, wenn ich es nicht wäre?«, fragte Mike.

»Nein«, antwortete Singh offen. »Aber ich bin trotzdem froh, dass ihr Euch so und nicht anders entschieden habt.«

»Ihr beide müsst verrückt sein!«, protestierte Ben. »Ihr habt nicht das Recht, das Schiff zu zerstören. Es gehört euch nicht! Es gehört –«

»Wem?«, fiel ihm Mike ins Wort. »Deinen Leuten? Den Franzosen? Den Deutschen? Den Indern? Welcher Nation willst du dieses Schiff ausliefern? Wer, glaubst du, wäre am besten dazu geeignet, die Welt zu beherrschen?«

Für einen Moment war Ben verwirrt und etwas erschrocken. Dann machte er eine ärgerliche Bewegung mit beiden Händen. »Unsinn«, sagte er. »Es ist nur ein Schiff. Ganz egal, wie stark es ist, niemand kann damit die ganze Welt beherrschen.«

»Die NAUTILUS allein reicht dazu nicht aus«, antwortete Mike. »Aber das Wissen, das sie bedeutet. Glaubst du denn, sie würden sich damit zufrieden geben, sie zu bewundern oder in ein

Museum zu stellen? Ich will dir sagen, was sie tun werden: Ganze Heerscharen von Wissenschaftlern und Ingenieuren würden über sie herfallen und ihr nach und nach alle Geheimnisse entreißen. Und sie würden sie missbrauchen, um neue Waffen und neue Kriegsmaschinen zu konstruieren. Mein Vater hat das gewusst, und deshalb hat er das Schiff hierher gebracht!«

»Aber er hat es nicht zerstört!«, beharrte Ben.

»Nein. Aber er hat ganz bestimmt nicht gewollt, dass es in die Hände machthungriger Verrückter fällt!«, antwortete Mike heftig. Er ließ ganz bewusst offen, ob er damit nun Winterfelds oder Bens Leute meinte.

»Das Schiff muss zerstört werden«, sagte er noch einmal schweren Herzens. Dabei erfüllte ihn der Gedanke mit Entsetzen. Dieses unglaubliche Schiff hatte all die Jahre hindurch hier gelegen und auf ihn gewartet – nur damit er kam und den Befehl zu seiner Zerstörung gab. Doch es musste sein. Und wahrscheinlich war es gut, dass er diese Entscheidung so schnell treffen musste, denn er war gar nicht sicher, dass sie genauso ausgefallen wäre, hätte er Zeit gehabt, darüber nachzudenken. Er glaubte plötzlich zu verstehen, warum sein Vater die NAUTILUS nicht zerstört hatte. Das Schiff stellte nicht nur eine ungeheuerliche Macht, sondern auch eine ebenso große Verlockung dar. Mike war nicht sicher, dass er ihr wirklich widerstehen konnte, wenn er ihr lange ausgesetzt war. Vielleicht konnte das niemand.

»Also los«, sagte er. »Gehen wir.«

»Wohin denn?«, fragte Ben. »Wollt ihr vielleicht nach Hause schwimmen?«

»Winterfeld wird euch nach Hause bringen«, sagte Singh.

»Winterfeld?« Ben kreischte fast. »Bist du verrückt? Er wird uns umbringen!«

»Das wird er nicht«, antwortete Mike an Singhs Stelle. »Wenn die NAUTILUS zerstört ist, gibt es keinen Grund mehr für ihn, uns gefangen zu halten.«

»Er kann es sich gar nicht leisten, uns laufen zu lassen«, widersprach Ben. »Immerhin hat er uns entführt und auf uns geschossen. Wir würden alles erzählen.«

»Und wer würde uns glauben?«, fragte Mike ruhig. Er deutete auf das Schiff. »Meinst du wirklich, ein Mensch auf der Welt würde uns glauben, was wir hier gefunden haben?« Er schüttelte entschieden den Kopf. »Und selbst wenn – Winterfeld ist vielleicht unser Feind, aber kein Mörder.«

Er wandte sich an Singh. »Was ist mit Trautman?«

»Er bleibt hier«, antwortete der Sikh.

Mike empfand ein Gefühl tiefer Trauer, aber er sagte nichts. Die NAUTILUS war alles für Trautman gewesen. Während der letzten fünfzehn oder vielleicht auch mehr Jahre hatte sein Leben keinen anderen Sinn gehabt, als den, über das Schiff zu wachen. Wenn es die NAUTILUS nicht mehr gab, dann hatte auch sein Leben jeden Inhalt verloren.

»Willst du dich nicht von ihm verabschieden?«, fragte er.

Singh sah schweigend zu der Tür, hinter der Trautman verschwunden war. Dann schüttelte er den Kopf. »Das ist nicht nötig«, sagte er. »Ich glaube auch nicht, dass er das will.«

»Mir kommen gleich die Tränen«, sagte Ben. »Ihr zwei müsst vollkommen übergeschnappt sein, wisst ihr das? Habt ihr überhaupt eine Ahnung, welchen Schatz ihr da vernichten wollt?«

Mike antwortete nicht darauf. »Gehen wir«, sagte er nur.

Sie wandten sich um und bewegten sich schweigend auf die Treppe zu, doch nach ein paar Schritten blieb André plötzlich stehen und fragte: »Wo ist Miss McCrooder?«

Auch Mike hielt inne und sah sich überrascht um, und noch bevor er sich selbst davon überzeugen konnte, dass Miss McCrooder tatsächlich nicht mehr bei ihnen war, sagte Ben: »Viel interessanter finde ich die Frage: Wo ist Paul?«

Einige Sekunden lang sagte niemand ein Wort. Mike suchte jeden Winkel und jeden Schatten mit Blicken ab. Schließlich fuhr Ben fort: »Dein Freund ist abgehauen. Wahrscheinlich ist er längst unterwegs zu seinem Vater, um ihm den Weg hierher zu zeigen!«

Mike sah ihn betroffen an. Er weigerte sich noch immer zu glauben, dass es so war, aber die Tatsachen sprachen ihre eigene Sprache. Mike hätte vor Zorn und Enttäuschung am liebsten laut aufgeschrien. Er konnte es nicht fassen, dass Paul sie tatsächlich verraten haben sollte!

»Damit kommt er nicht durch!«, sagte Ben entschlossen. »Er hat nur ein paar Minuten Vorsprung. Los, wir schnappen ihn uns!«

Mike wurde einfach mitgerissen, als sie losstürmten und hintereinander die Treppe hochpolterten. Sie kam ihm viel steiler vor als auf dem Weg nach unten, und auch viel länger. Mit Ausnahme Singhs waren sie alle außer Atem, ehe sie auch nur den halben Weg hinter sich gebracht hatten. Sie wurden immer langsamer – und blieben schließlich ganz stehen, kurz bevor sie das Ende der Treppe erreichten. Allerdings nicht vor Erschöpfung oder Schwäche.

Wo vorher ein offener Durchgang gewesen war, da verwehrte ihnen nun eine Barriere aus Trümmern, Holz, Steinen und allerlei Abfällen den Weg. Sie war sichtbar in aller Hast errichtet worden und machte keinen sonderlich massiven Eindruck – aber als Mike als Erster an dem Hindernis zu rütteln begann, drohte der ganze Trümmerberg ins Wanken zu geraten und auf sie herabzustürzen.

Singh schob Mike mit sanfter Gewalt zur Seite, bedeutete ihm und den anderen aber gleich darauf, ihm zu helfen. Mit vereinten Kräften gelang es ihnen, das Hindernis aus dem Weg zu räumen, aber sie mussten sehr vorsichtig sein, damit ihnen der ganze Kram nicht auf die Köpfe fiel, was auf der Treppe fatale Folgen gehabt hätte. So verloren sie weitere wertvolle Zeit, in der Pauls Vorsprung abermals wuchs.

Weit genug, wie sich zeigte. Sie stürmten weiter, kaum dass sie so viele Trümmer aus dem Weg geräumt hatten, um sich durch die entstandene Öffnung zu quetschen. Mit Riesenschritten durchquerte Singh die Maschinenhalle und jagte zum Strand hinunter. Mike und die anderen folgten ihm dicht auf den Fersen.

Sie kamen zu spät. Die Segeljacht lag nicht mehr dort, wo sie sie zurückgelassen hatten, sondern hatte sich schon ein gutes Stück vom Ufer entfernt, und sie schwenkte genau in diesem Moment herum und richtete den Bug auf die Mitte des Sees aus. Das große Segel hing schlaff vom Mast, aber Mike hörte das Tuckern des kleinen Motors, mit dem Paul das Boot in Bewegung gesetzt hatte.

Singh rannte, so schnell er konnte. Er stürmte den Strand hinunter und ins Wasser hinein, und für einige Augenblicke sah es sogar fast so aus, als könne er die Jacht noch einholen.

Doch auch das Schiff wurde schneller und Singh würde das Rennen verlieren. Singh watete weiter, so rasch er konnte, warf sich schließlich nach vorne und versuchte das Schiff mit kraftvollen Kraulbewegungen zu erreichen. Für einige Augenblicke hielt er sogar mit dessen Tempo mit, doch im Gegensatz zu ihm kannte der Motor des Schiffes keine Erschöpfung, während Singhs Kräfte rasch erlahmten. Schließlich gab er es auf. Einige Augenblicke lang verharrte er noch Wasser tretend auf der Stelle, dann machte er kehrt und kam zu ihnen zurückgeschwommen.

Auch Mike und die anderen waren bis an die Hüften ins Wasser hineingewatet. Mit vereinten Kräften halfen sie dem völlig erschöpften Sikh ans Ufer zurück.

»Dieser verdammte Verräter!«, schimpfte Ben. »Ich habe ihm nie getraut, aber ihr habt ja nicht auf mich gehört!«

Die Worte trafen Mike wie Hiebe. Er konnte es nicht glauben, dass er sich so sehr in Paul getäuscht haben sollte; auch wenn er soeben gesehen hatte, was geschah. In seinen Augen war plötzlich ein heißes Brennen.

»Hoffentlich läuft er auf den Riffen auf und ersäuft, ehe sie ihn auffischen können«, fuhr Ben hasserfüllt fort. »Vielleicht fressen ihn ja auch die Fische.«

»Dann müssten sie schon an Land kommen«, sagte eine Stimme hinter ihnen.

Überrascht fuhren sie herum – und nicht nur Mikes Augen weiteten sich ungläubig, als er die Gestalt erblickte, die sich taumelnd und die rechte Hand gegen die Schläfe gepresst aus dem Unterholz hinter ihnen erhob.

»Es tut richtig gut, wenn man hört, wie beliebt man ist«, sagte Paul gepresst. Ein wenig Blut quoll zwischen seinen Fingern hervor und lief über sein Gesicht. Als er auf sie zukam, stolperte er und wäre beinahe wieder gestürzt.

»Paul!«, murmelte Mike fassungslos. »Du? Aber wer ist dann –?!«

»Na, wer fehlt denn noch?«, murmelte Paul. »Dreimal darfst du raten.«

Mike verstand nichts mehr. Die Antwort auf Pauls Frage war klar, aber das war doch ... »Unmöglich!«, flüsterte er. »Miss McCrooder?«

»Ich habe gemerkt, dass sie sich davonschlich!«, bestätigte Paul, »und bin ihr nach. Als ich sah, dass sie auf die Jacht wollte, habe ich sie zur Rede gestellt.«

»Und?«, fragte Ben.

»Und?« Paul zog eine Grimasse und nahm die Hand herunter und sie konnten sehen, dass über seinem rechten Auge eine kleine Platzwunde entstanden war. Die Haut darunter schimmerte dunkelviolett. In spätestens einer Stunde würde er eine gewaltige Beule haben. »Sie hat einen Stein aufgehoben und mir eins übergezogen. Schlaumeier!«, sagte er, ganz bewusst Bens Lieblingsausdruck benutzend.

»Das ... das glaube ich nicht«, antwortete Ben verstört.

Paul grinste hämisch. »Recht hast du«, sagte er. »In Wahrheit habe ich Miss McCrooder umgebracht und ihre Leiche irgendwo im Dschungel verscharrt. Und auf dem Schiff da fährt einer der Männer meines Vaters, den ich mit an Bord geschmuggelt habe. Ich wundere mich eigentlich, dass ihr ihn nicht längst entdeckt habt. Ich hatte ihn in der rechten Hosentasche, weißt du?«

»Aber Miss McCrooder«, stammelte Mike. »Das ergibt doch überhaupt keinen Sinn!«

Paul musterte erst das Blut auf seiner Hand, dann ihn finster. »Glaub es ruhig«, grollte er. »Oder lass es meinetwegen. Ich schätze, sehr bald kannst du sie selbst fragen – auf der LEOPOLD.«

»Dann war sie der Verräter«, sagte Ben grimmig. »Ich hatte also Recht! Wir hatten einen Verräter unter uns. Sie hat die ganze Zeit für Winterfeld gearbeitet. Von Anfang an!«

»Ja, und du könntest dich jetzt vielleicht bei Paul entschuldigen«, sagte Juan. Bens Antwort bestand nur aus einem bösen Blick. Er gehörte eindeutig nicht zu den Menschen, die sich jemals für irgendetwas entschuldigten.

»Dafür ist jetzt keine Zeit«, mischte sich Singh ein. Er hatte sich wieder weit genug erholt, um aufstehen zu können. »Wir müssen zurück zu Trautman. Schnell!«

»Aber warum denn?«, fragte Mike.

»Er darf die NAUTILUS nicht vernichten!«, antwortete Singh, während er sich bereits umwandte. »Folgt mir – rasch!«

Mike setzte zu einer neuerlichen Frage an, aber Singh rannte bereits los – und trotz seiner Erschöpfung so schnell, dass er schon nach wenigen Augenblicken in der Maschinenhalle verschwunden war.

»Was ist denn mit dem los?«, wunderte sich André. »Erst will er das Schiff mit aller Gewalt in die Luft jagen und dann tut er so, als hinge unser Leben davon ab, dass es nicht passiert.«

»Winterfelds Leute werden nun früher hier sein, als wir es erwartet haben«, sagte Juan. »Die McCrooder zeigt ihnen garantiert die Passage.«

»Und?«, fragte André. »Umso besser. Dann holen sie uns eben etwas eher von dieser Insel ab. Wo ist der Unterschied?«

Niemand wusste eine Antwort darauf – aber Mike hatte plötzlich ein sehr, sehr ungutes Gefühl. Irgendetwas sagte ihm, dass es einen Unterschied gab. Und dass vielleicht ihr Leben davon abhing.

Singh hatte Trautman längst erreicht, als sie zurück in den unterirdischen Hafen kamen, in dem die NAUTILUS lag. Die Höhle hatte sich verändert – unter der Decke war eine Anzahl großer Lampen angegangen, die das Wasser und den gigantischen Rumpf des Unterseebootes in blendend helles Licht tauchten, und Mike glaubte ein ganz sachtes Vibrieren zu spüren, als wären tief unter ihren Füßen gewaltige Maschinen angelaufen. Trautman und der Sikh standen unweit des Schiffes und unterhielten sich heftig gestikulierend miteinander. Beide waren einer Panik nahe.

Singh unterbrach seine Rede, als Mike und die anderen hereinkamen. Ein einziger Blick in seine Augen reichte Mike, um zu wissen, dass er nicht mehr rechtzeitig gekommen war.

»Zu spät!«, stellte er fest.

Singh nickte. »Um eine Minute. Der Zerstörungsmechanismus ist in Gang gesetzt und keine Macht der Welt kann ihn jetzt noch aufhalten.«

Ein eisiges Frösteln lief über Mikes Rücken. Er wandte sich zur NAUTILUS um und ließ seinen Blick über die schimmernden Panzerplatten ihres Rumpfes gleiten. Sie lag unverändert und unbeschädigt vor ihnen und für einen Moment weigerte er sich einfach, Singhs Worte zu glauben.

»Dann sollten wir nicht hier rumstehen, sondern verschwinden, ehe uns das ganze Schiff um die Ohren fliegt«, sagte Ben schließlich. »Wie viel Zeit bleibt uns?«

»Zwei Stunden«, antwortete Trautman. »Vielleicht drei, aber auf keinen Fall mehr.«

»Worauf warten wir dann noch?«, fragte Ben.

Singh seufzte. Er schloss die Augen, ballte die Hände zu Fäusten und atmete tief ein, ehe er antwortete: »Es ist nicht die NAUTILUS, die zerstört wird, Ben.«

»Nicht die NAUTILUS?« Ben blinzelte. »Aber was denn –«

»Die ganze Insel wird untergehen«, sagte Trautman.

»Die ... ganze Insel?«, stammelte Ben. »Was zum Teufel soll das heißen? Das ist doch unmöglich!«

»Das ist es nicht«, sagte Trautman ernst. Er machte eine weit ausholende Geste. »Diese Insel ist der Gipfel eines unterseeischen Vulkans. Er ist erloschen, schon vor tausenden von Jahren, und sein Krater hat sich mit Wasser gefüllt. Aber tief unter unseren Füßen ist seine Glut noch so heiß wie am ersten Tag.«

»Und?«, fragte Ben. Seine Stimme schwankte. »Was hat das mit der NAUTILUS zu tun?«

Trautman wandte sich direkt an Mike. »Dein Vater sah eine Gefahr wie diese voraus. Die NAUTILUS nur zu versenken, hätte wenig Sinn. Sie würden sie heben, ganz egal, wie lange es dauert. Und selbst ihr Wrack stellt noch eine ungeheure Gefahr dar. Also ließ er tiefe Schächte bohren, Schächte, die bis zum Lavakern der Insel hinabreichen.« Er schwieg kurz. Dann fuhr er leise fort: »Ich habe diese Schächte geöffnet. Das Wasser des Meeres wird in die Tiefe fließen und mit der Lava zusammentreffen. Die Dampfexplosion wird die ganze Insel vernichten.«

»Aber das ... das ist doch Wahnsinn!«, krächzte Ben. »Ihr seid doch alle verrückt!«

»Die Zeit hätte gereicht«, verteidigte sich Singh. »Zwei Stunden sind mehr als genug, um zur LEOPOLD zurückzukehren und Winterfeld zu warnen. Niemand konnte ahnen, dass das Schiff nicht mehr da sein würde.«

»Sie müssen es aufhalten!«, verlangte Ben. »Das darf nicht geschehen. Sie müssen ... irgendetwas tun. Schalten Sie es ab.«

»Das kann ich nicht, Junge«, sagte Trautman traurig. »Niemand kann das jetzt noch.«

»Was ist mit der NAUTILUS?«, fragte Mike.

Trautman runzelte die Stirn. »Was soll damit sein?«

»Ich meine: Ist sie in Ordnung?«, fragte Mike. »Ist sie seetüchtig?«

»Wir könnten versuchen damit zu fliehen«, nahm Juan den Gedanken auf.

»Das ist unmöglich«, antwortete Trautman. »Ich habe es euch doch gesagt. Der Kanal ist versperrt. Wir kämen niemals hier heraus, selbst wenn wir das Schiff flottbekommen. Und ich bin nicht sicher, dass es mir gelingt. Immerhin hat sie sich seit zwanzig Jahren nicht mehr bewegt.«

»Aber es ist eine Chance!«, beharrte Mike. »Vielleicht ... vielleicht können wir den Felsen einfach beiseite schieben. Dieses Schiff ist ungeheuer groß!

»Der Felsen ist größer«, antwortete Trautman ruhig. »Nicht einmal die NAUTILUS kann einen Berg zur Seite schieben. Wir würden umkommen.«

»Hier kommen wir auf jeden Fall um!«, sagte Juan. Er deutete auf Mike. »Er hat Recht. Ich bin auch dafür, es wenigstens zu versuchen. Wo ist der Unterschied, ob wir dabei getötet werden oder hier warten, bis die ganze Insel explodiert?«

Trautman schwieg.

»Bitte, Trautman! Vielleicht ... vielleicht sprengt der Vulkanausbruch den Felsen weg, ehe der ganze Tunnel über uns zusammenbricht. Ich weiß, das ... das ist eine verzweifelte Hoffnung. Vielleicht haben wir nur eine Chance von eins zu hundert, aber das ist immer noch mehr, als wir hier haben.«

»Ich würde Tage brauchen, um das Schiff seetüchtig zu machen«, antwortete Trautman. »Ganz davon abgesehen, dass die NAUTILUS eine ausgebildete Besatzung braucht. Wahrscheinlich würden wir einfach sinken, selbst wenn es uns gelänge, die Insel zu verlassen.«

»Dann sinken wir eben!«, sagte Mike; nein – er schrie es fast. Er war der Verzweiflung nahe. »Trautman, das ist unsere einzige Chance! Bitte!«

Einige Sekunden vergingen, ohne dass Trautman antwortete. Er blickte Mike nur an und in seinem Gesicht rührte sich kein Muskel. Aber Mike konnte den lautlosen Kampf, der sich in ihm abspielte, deutlich in seinen Augen lesen. Und schließlich nickte Trautman. »Also gut«, sagte er. »Versuchen wir es.«

Die zwei Stunden, von denen Trautman gesprochen hatte, waren nahezu vorbei. Die Insel war nicht mehr ruhig. Das Vibrieren und Zittern des Bodens, über dessen wahre Bedeutung sich Mike im ersten Moment so völlig getäuscht hatte, hatte zugenommen. Das Wasser, in dem die NAUTILUS lag, zitterte und wogte ununterbrochen, und manchmal lösten sich Steine und kleinere Felsbrocken von der Decke und fielen zu Boden. Wenn sie die NAUTILUS trafen, dröhnte der gewaltige stählerne Leib des Schiffes wie unter einem Kanonenschuss. Vor einigen Minuten hatte sich ein Brocken aus der Decke gelöst, der groß genug gewesen wäre, selbst das mächtige Schiff zu beschädigen.

Er hatte die NAUTILUS verfehlt und nur ein gewaltiges Stück aus dem Felsenufer gebissen, aber Mike hatte die Warnung verstanden. Ihre Zeit lief ab.

Sie hatten sich im Turm der NAUTILUS versammelt und Trautmans Hände umschlossen das große Steuerrad so fest, als wolle er es zerbrechen. Es war sehr eng in der kleinen Kammer, die eigentlich nur für den Steuermann und höchstens noch einen Assistenten gedacht war, aber niemand machte auch nur den Vorschlag, hinunter in das Schiff zu steigen, wo Platz für hundert oder mehr Menschen gewesen wäre.

Mike spürte eine sonderbare Erregung, die nichts mit der Furcht vor dem, das sie erwarten mochte, zu tun hatte. Er kam sich immer mehr wie in einem Traum gefangen vor. Vor wenigen Stunden noch hatte er nicht einmal gewusst, dass es dieses Schiff gab, und nun erwachte die NAUTILUS unter Trautmans Händen wieder zum Leben. Und selbst wenn sie es nur tat, um in wenigen Minuten endgültig zerstört zu werden – es war ein erhebendes Gefühl, das mit Worten kaum zu beschreiben war.

Während der letzten beiden Stunden hatten sie die NAUTILUS von einem Ende zum anderen durchstreift und unter Trautmans und Singhs Anleitung Tausende von Dingen getan, die sie zum größten Teil nicht einmal begriffen. Aber das Wunder, das keiner von ihnen ernsthaft zu erhoffen gewagt hatte, war geschehen: So alt und verstaubt, wie das Schiff war, es war mit jedem Hebel, den sie umlegten, jedem Schalter, den sie betätigten, jedem Ventil, das sie öffneten, ein Stückchen mehr zum Leben erwacht, und jetzt erfüllte das unheimliche Summen und Stampfen der gewaltigen Motoren den Rumpf wie das Wispern unsichtbarer elektrischer Geister. Nach mehr als zwanzig Jahren war die NAUTILUS wieder aus ihrem Dornröschenschlaf erwacht, um noch einmal in See zu stechen. Vielleicht zum letzten Mal.

Das Summen der Motoren wurde ein wenig lauter und etwas änderte sich im Takt der Wellen, die gegen den stählernen Rumpf der NAUTILUS schlugen. Mikes Herz begann zu hämmern.

Langsam, wie ein großes, eisernes Tier, das aus einem tiefen Schlaf erwachte und nur allmählich seine Kräfte wieder zu entdecken begann, setzte sich die NAUTILUS in Bewegung. Trautman betätigte einen Schalter und an ihrem Bug flammte ein gewaltiger Scheinwerfer auf, der den Tunnel vor ihnen erhellte. Mike sah, dass sich die Decke des Stollens vor ihnen senkte, bis sie in einer Entfernung von zwei- oder dreihundert Metern beinahe das Wasser berührte. Irgendwo, noch viel, viel weiter entfernt, schimmerte ein winziger Fleck Tageslicht.

Allmählich wurde das Schiff schneller. Gleichzeitig sank es ein wenig tiefer, sodass die Wellen bald über dem Rumpf zusammenzuschlagen begannen. Trautman hatte ihnen erklärt, dass sie nicht wirklich tauchen konnten; dazu waren umfangreiche Vorbereitungen nötig und eine Mannschaft, die wusste, was sie tat, und nicht einfach nur auf Befehl ein paar Hebel umlegte. Aber der freie Spalt zwischen der Tunneldecke und dem Wasser war gerade hoch genug, den Turm des Schiffes hindurchzulassen.

Ein dumpfes Grollen drang an Mikes Ohr. Er fuhr erschrocken zusammen, als Steine und Felsbrocken wie Hagel rings um das Schiff ins Wasser schlugen; einige trafen die NAUTILUS und das ganze Schiff begann wie eine riesige Glocke zu dröhnen. Die Insel war dabei, über ihren Köpfen zusammenzubrechen. Mike betete still, dass die Zeit reichte, um an das Ende des Tunnels zu gelangen.

Die NAUTILUS wurde wieder schneller. Für einige Augenblicke pflügte sie wie ein Torpedo durch den Tunnel und der helle Fleck an seinem Ende wuchs zu einem Halbkreis heran.

Dann nahm Trautman das Tempo wieder zurück. Und einen Augenblick später sahen sie den Felsen.

Mike hätte vor Enttäuschung beinahe aufgestöhnt. Der Tunnel führte direkt auf das freie Meer hinaus, ganz wie Trautman gesagt hatte. Der Himmel draußen war nicht mehr blau. Unmittelbar über der Insel spiegelte sich roter Feuerschein am Firmament und ein feiner Aschenregen ging auf das Wasser nieder. Mike konnte einen Teil einer mächtigen, schwarzgrauen Rauchwolke erkennen, die fast senkrecht in den Himmel stieg. Der Kratersee und die alte Stadt mussten bereits vernichtet worden sein. Der Vulkan hatte wieder angefangen Feuer zu speien. Wie durch ein Wunder war der Tunnel bisher noch nicht verschüttet worden, und wie durch eine besonders grausame Laune des Schicksals versperrte der Felsen die Ausfahrt nicht völlig, sondern ragte wie ein steinerner Speer schräg von unten aus dem Wasser, gerade weit genug, um ein Schiff, das nur etwas kleiner gewesen wäre, hindurchzulassen. Für den stählernen Giganten aber stellte er eine unüberwindliche Barriere dar.

Trautman ließ das Schiff allmählich langsamer werden und hielt schließlich ganz an. Das vordere Drittel der NAUTILUS ragte bereits aus der Höhle heraus. Die Rettung lag zum Greifen nahe vor ihnen.

»Und wenn wir ihn einfach rammen?«, fragte Juan.

Trautman schüttelte den Kopf. »Er würde unseren Rumpf aufreißen wie ein Messer«, sagte er. »Die Panzerplatten halten viel aus, aber sie sind nicht unzerstörbar.«

Ein dumpfer Schlag ging durch die Insel. Die NAUTILUS

erbebte und wieder regneten Felstrümmer rings um sie herum ins Wasser. Mike glaubte ein furchtbares Mahlen und Knirschen zu hören, das direkt aus den Tiefen des Meeres zu ihnen heraufdrang, und für einen Moment meinte er die unvorstellbaren Kräfte geradezu zu spüren, die sich tief unter ihnen zusammenballten, um die Insel in einer einzigen ungeheuerlichen Explosion vom Antlitz der Erde zu tilgen.

»Aber es muss einen Weg geben!«, beharrte Juan.

»Vielleicht«, murmelte Trautman. Er fuhr sich nervös mit der Hand über das Kinn. Sein Blick huschte über die salzverkrusteten Flanken des Felsens, der die Zufahrt versperrte. »Vielleicht gibt es eine Chance. Wenn wir Anlauf nehmen und mit voller Kraft gegen den Felsen fahren, kommen wir vielleicht vorbei.«

»Sie meinen, er wird zerbrechen?«

»Ich meine, dass die NAUTILUS zerbrechen würde«, antwortete Trautman ruhig. »Ihre Flanke wird von vorne bis hinten aufreißen. Habt ihr alle Schotten geschlossen, wie ich es euch gesagt habe?«

Alle nickten und Trautman fuhr fort: »Dann haben wir eine Chance. Vielleicht reicht dann der Schwung, uns an dem Felsen vorbeizutragen.«

»Aber das Schiff wird sinken wie ein Stein!«, protestierte Ben.

»Nicht sofort«, widersprach Trautman. »Es wird sinken, aber nur langsam. Die Schotten halten dem Wasserdruck vielleicht lange genug stand, dass ihr von Bord gehen könnt. Mit ein wenig Glück fischt euch die LEOPOLD auf.«

»Uns?«, fragte Juan. »Und was ist mit Ihnen?«

»Ich gehöre hierher«, antwortete Trautman ernst. »Ich könnte nirgendwo sonst leben. Aber ihr seid zu jung, um so sinnlos zu sterben. Wir müssen es riskieren.«

Er drückte einige Schalter und die NAUTILUS begann langsam wieder in den Tunnel zurückzugleiten, um Anlauf zu ihrem verzweifelten Ausbruchsversuch zu nehmen. Plötzlich hatte Mike Angst, schreckliche Angst. Sie alle hatten das Risiko gekannt, und doch war er für einen Moment nahe daran, einfach in Panik auszubrechen. Vor seinen Augen stieg eine entsetzliche Vision auf. Er sah die NAUTILUS, mit zerborstenen, aufgeschlitzten Flanken, durch die das Wasser hereinsprudelte, hilflos eingeklemmt zwischen der Insel und dem Felsen, während der Himmel über ihnen Feuer fing und Glut und Felsen auf sie herabregneten.

»Halt!«, sagte Singh plötzlich. »Halten Sie an, Trautman! Dort! Sehen Sie doch!«

Alle fuhren erschrocken herum und blickten durch das Fenster hinaus in die Richtung, in die Singhs ausgestreckte Hand deutete, während Trautman das Schiff hastig wieder zum Stehen brachte.

Hinter dem Felsen erschien ein grauer Koloss. So dicht, wie es gerade noch möglich war, ohne den gefährlichen Riffen zu nahe zu kommen, stampfte die LEOPOLD um die Insel herum und hielt mit voller Fahrt auf den Ausgang des Tunnels zu!

»Was –?!«, begann Trautman überrascht.

Seine Worte gingen in einem dumpfen Knall unter. Eine weiße Rauchwolke löste sich vom Bug des Kriegsschiffes und einen Sekundenbruchteil später hörten sie alle das ihnen schon bekannte, furchtbare Heulen, das rasend schnell lauter wurde.

»Sie schießen!«, schrie Ben. »Diese Wahnsinnigen schießen auf uns!«

Aber die Granate traf nicht die NAUTILUS. Plötzlich zerbarst das Meer direkt neben dem Felsen in einer gigantischen, weißen Schaumexplosion, und die Gischt hatte sich noch nicht wieder gelegt, als die LEOPOLD einen zweiten Schuss abgab und gleich darauf einen dritten. Diese beiden lagen genauer im Ziel. Steintrümmer und Funken stoben in alle Richtungen davon, als die Geschosse den Felsen trafen.

»Sie ... sie feuern auf den Felsen«, flüsterte Trautman fassungslos. »Großer Gott, sie versuchen den Felsen wegzusprengen!«

Und genau das war es, was das Kriegsschiff tat. Die LEOPOLD feuerte Breitseite auf Breitseite auf den Felsen. Die Welt vor dem Tunnelausgang versank in einem Chaos aus Flammen und Rauch und herumfliegenden Felstrümmern, und die Geschütze feuerten immer noch weiter. Und so riesig der Felsen auch war – am Ende gab er unter der Gewalt der Explosionen nach. Durch einen Vorhang aus kochender Gischt und Flammen hindurch beobachteten sie, wie der steinerne Koloss wankte, plötzlich von einem Riss der Länge nach gespalten wurde – und fiel!

»Haltet euch fest!«, schrie Trautman.

Die NAUTILUS machte einen regelrechten Satz. Ihre Maschinen brüllten auf und plötzlich schien das Wasser auch hinter ihrem Heck von einer Explosion zerrissen zu werden. Wie ein Torpedo schoss die NAUTILUS aus dem Tunnel heraus. Ein furchtbarer Schlag traf den Rumpf, als sie die Reste des zerborstenen Felsens streifte, und Mike glaubte zu spüren, wie irgendwo unter ihren Füßen etwas zerbrach. Doch das furchtbare Geräusch hereinströmenden Wassers, auf das er wartete, kam nicht. Stattdessen bäumte sich die NAUTILUS auf, schoss für einen Moment regelrecht aus dem Wasser heraus und krachte mit einem Schlag zurück, der sie allesamt von den Füßen riss und Trautman gegen das Ruder warf.

Und dann waren sie an der Barriere vorbei. Vor der NAUTILUS lag die offene See, und noch während sich Mike benommen aufzurichten versuchte, griff Trautman wieder nach dem Ruder und riss es herum.

Als hinter ihnen die Vergessene Insel in Feuer und Rauch explodierte, schoss die NAUTILUS mit rasch wachsender Geschwindigkeit auf das offene Meer hinaus.

»Findest du nicht, dass du dich jetzt wenigstens entschuldigen könntest?«, fragte Juan.

Die Worte galten Ben, der zusammen mit ihnen auf das Deck der NAUTILUS hinausgetreten war. Vielleicht zum ersten Mal, solange Mike den Engländer kannte, sah er ihn ein wenig in Verlegenheit.

Der Tag neigte sich seinem Ende entgegen. Im Osten kroch bereits die Dämmerung über den Horizont, aber es war der bizarrste Sonnenuntergang, den Mike jemals erlebt hatte – der Himmel färbte sich rot, aber es war ein Leuchten, das aus dem Wasser emporstieg. Die Insel war auseinander gebrochen und im Meer versunken, nicht einmal eine Viertelstunde, nachdem sie den Tunnel verlassen und beobachtet hatten, wie auch die

LEOPOLD hastig beidrehte und sich aus der Gefahrenzone brachte, doch das Feuer schien unter der Meeresoberfläche weiterzubrennen. Selbst hier, in einer Entfernung von sicherlich zwanzig Meilen, spürten sie noch einen warmen Hauch, der mit dem Wind herantrieb. Die Gewalten, die Trautman entfesselt hatte, hatten sich noch lange nicht wieder beruhigt.

»Komm schon«, fuhr Juan fort, »benimm dich ausnahmsweise wie ein Mann.«

Ben biss sich auf die Lippen und starrte finster zu Boden. Paul war bereits in das kleine Boot gestiegen, das in einer entsprechenden Vertiefung am Heck der NAUTILUS vertäut war, und eigentlich gab es keinen Grund mehr für ihn, zu warten. Mike warf einen Blick nach Westen und stellte fest, dass die LEOPOLD nicht mehr sehr weit entfernt war. Sie lief mit voller Kraft auf sie zu und würde sie in spätestens zehn Minuten eingeholt haben. Aber dann würden sie nicht mehr an dieser Stelle sein.

»Nun mach schon«, sagte auch André. »Wenn er nicht bei uns gewesen wäre, wären wir vielleicht alle tot.«

»Ich weiß«, murrte Ben widerwillig. »Also gut: Es tut mir Leid. Ich habe mich wie ein Idiot benommen.«

Paul sah überrascht drein, als Ben plötzlich auf ihn zutrat und die Hand ausstreckte.

»Entschuldige«, sagte Ben. »Ich habe mich getäuscht.« Plötzlich grinste er über das ganze Gesicht und fügte hinzu: »Aber ich traue dir noch immer nicht.«

Paul sah eine Sekunde lang ziemlich hilflos drein und begann dann schallend zu lachen. Ben und die anderen stimmten in dieses Lachen ein und schließlich trat Ben zurück, um Mike Platz zu machen. Auch die drei anderen Jungen zogen sich einige Schritte weit zurück, damit die beiden sich voneinander verabschieden konnten.

Mike trat zu seinem Freund, aber plötzlich fielen ihm die Worte, die er sich doch so sorgsam zurechtgelegt hatte, nicht mehr ein. Er konnte nichts anderes tun, als einfach dazustehen und Paul anzusehen, und auch Paul schien es nicht anders zu ergehen. Ein Abschied war immer eine schwierige Sache – aber dieser Abschied tat weh.

»Du ... du willst es dir nicht noch einmal überlegen und bei uns bleiben?«, fragte er schließlich.

Ein Schatten huschte über Pauls Gesicht. »Das geht nicht, Mike«, sagte er. »Mein Vater würde nicht aufgeben, bis er mich gefunden hat. Und außerdem gehöre ich zu ihm.«

Pauls Vater hatte aus dem einzigen Grund alle seine Befehle ignoriert und der NAUTILUS dabei geholfen, die Insel zu verlassen, statt sie zu kapern oder zu versenken, weil er seinen Sohn an Bord des Schiffes wusste, und er würde um nichts in der Welt zulassen, dass sie ihn mit sich nahmen. Und der wichtigste Grund war genau der, den Paul ihm genannt hatte: er gehörte dorthin, nicht zu ihnen. Wo immer sie hingehen mochten. Plötzlich spürte Mike einen harten, bitteren Kloß im Hals. Das Sprechen fiel ihm schwer.

»Dann verschwinde jetzt«, sagte er. »Und grüße deinen Vater von mir. Wenn er nicht gewesen wäre, wären wir jetzt wahrscheinlich alle tot.«

»Er wird nicht aufgeben, euch zu jagen«, sagte Paul.

»Ich weiß«, antwortete Mike. »Aber wir passen schon auf uns auf. Vielleicht sehen wir uns ja eines Tages wieder.«

Paul antwortete nicht, sondern drehte sich nach einigen Sekunden wortlos herum, löste das Tau, das das kleine Schiffchen hielt, und stieß sich an der Bordwand ab. Mike sah ihm nach, bis das Boot zu einem kleinen Punkt auf den Wellen geworden war, der immer weiter zusammenschrumpfte.

Plötzlich bemerkte er, dass Paul nicht auf die LEOPOLD zuhielt, wie sie verabredet hatten, sondern einen Kurs einschlug, der nahezu im rechten Winkel von der NAUTILUS wegführte; ein letzter Freundschaftsdienst, den Paul ihnen erwies, denn auf diese Weise war sein Vater gezwungen, den Kurs seines Schiffes zu ändern, um seinen Sohn aufzufischen, was ihnen einen weiteren Vorsprung verschaffte. Mike lächelte dankbar. Vielleicht würde er Paul nie wieder sehen, aber er wusste, dass sie für den Rest ihres Lebens Freunde bleiben würden, ganz egal, was geschah. Und das war vielleicht das Wertvollste, das es auf der ganzen Welt gab.

»Der gläserne Kasten war ein Sarg ...«

LESEPROBE AUS:

DAS MÄDCHEN VON ATLANTIS

VON WOLFGANG HOHLBEIN

Mike trat mit klopfendem Herzen durch die Tür auf der rechten Seite. Der Raum, in den er gelangte, war im ersten Moment eine Enttäuschung. Die Kammer war fast vollkommen leer – bis auf einen länglichen, völlig aus Glas bestehenden Behälter, der auf einem schwarzen Podest ruhte. Kein Schatten. Keine Gespenster und keine Ungeheuer mit Krakenarmen, die seit fünftausend Jahren darauf warteten, dass ihr Frühstück zur Tür hereinspaziert kam.

Mutiger geworden, trat Mike vollends in den Raum hinein und warf einen Blick auf den Glasbehälter.

Mike schluckte. Eine Sekunde lang stand er einfach da, vollkommen starr vor Überraschung und Unglauben, dann fragte er sich, ob er das wirklich sah, oder nicht vielmehr noch immer bewusstlos im Salon der NAUTILUS lag und einen Albtraum hatte. Hätte er nicht die dicken Handschuhe getragen, dann hätte er sich wahrscheinlich gekniffen, um sich zu überzeugen, dass er sich auch wirklich in wachem Zustand befand.

Aber was er sah, war wahr: In dem Kasten lag regungslos – ein Mädchen.

Mike blinzelte.

Das Bild blieb. Vor ihm befand sich ein fast zwei Meter langer, gläserner Sarg auf einem schwarzen Basaltblock, in dem eine schlanke, blondhaarige Mädchengestalt lag.

Langsam, mit klopfendem Herzen und weichen Knien ging Mike weiter und blieb einen Schritt vor dem Sarg stehen. Er sah noch immer ein bewegungslos daliegendes Mädchen von dreizehn oder vierzehn Jahren, in einem schlichten, weißen Gewand, mit gelocktem, blondem Haar und einem bleichen Gesicht. Und offensichtlich war sie tot. Sie atmete nicht. Was hatte er erwartet? Wahrscheinlich war seit Hunderten, vermutlich sogar Tausenden von Jahren niemand mehr in dieser Kuppel gewesen. Sein erster Eindruck hatte ihn nicht getrogen: Der gläserne Kasten war ein Sarg, in dem –

Mike begriff erst mit einiger Verspätung, *wen* er da überhaupt vor sich hatte, und diese Einsicht traf ihn mit voller Wucht.

Wenn diese Kuppel von den Bewohnern des untergegangenen Reiches gebaut worden war, dann stand er einem *Mädchen aus Atlantis* gegenüber, das hier zur letzten Ruhe gebettet worden war!

Der Gedanke erfüllte Mike mit einer tiefen Trauer. Er trat dichter an den Sarg heran und betrachtete das Gesicht des Mädchens genauer. Ja, sie war eine Schönheit gewesen, als sie noch gelebt hatte. Ihr Gesicht schien aus feinstem weißem Porzellan modelliert zu sein und das Haar, das ihren Kopf und die Schultern wie ein goldener Schleier umgab, musste ihr etwas Engelsgleiches verliehen haben. Ihre Züge waren fremdartig, aber trotzdem weich und edel.

Plötzlich hatte Mike das sichere Gefühl, dass er nicht mehr

allein war, und wandte sich um. Aber es waren nicht Trautman oder der Sikh, die unbemerkt hinter ihm die Kammer betreten hatten ...

Mike wich mit einem hellen Schrei zurück, hob entsetzt die Arme vor das Gesicht – und war die nächsten Sekunden vollauf damit beschäftigt, sich unbeschreiblich blöd vorzukommen.

Hinter ihm stand kein Ungeheuer. Kein Monster, das gekommen war, um seine tote Herrin zu beschützen und den Eindringling anzugreifen. Nein, was Mike schier zu Tode erschreckt hatte, war nichts anderes als eine ganz normale, langhaarige schwarze Katze.

Mike lachte befreit, nannte sich in Gedanken einen Narren und ließ sich automatisch in die Hocke sinken und streckte die Hand aus, um die Katze zu streicheln, die –

Katze?

Hier?

Zweihundert Meter unter dem Meeresspiegel? In einer hermetisch verschlossenen Kuppel, die mindestens fünftausend Jahre alt war??!

Mikes Unterkiefer klappte vor Verblüffung herab. Er starrte das Tier an, das nur noch ein Auge hatte und sehr zutraulich war, denn als Mike keine Anstalten machte, seine Bewegung zu Ende zu führen, kam es herangetrippelt, stellte grüßend den Schwanz auf und rieb sich schnurrend an seiner Handfläche.

Mike zog fast erschrocken die Hand zurück. Wo um alles in der Welt kam diese Katze her? Sein Herz klopfte. Irgendetwas stimmte hier nicht. Die Katze legte den Kopf schräg, musterte ihn aus ihrem einzigen, bernsteingelben Auge und miaute laut, als hätte sie seine Gedanken gelesen, und versuchte ihn zu beruhigen. Mike seinerseits betrachtete sie genauer – aber es blieb dabei: Was er sah, war eine schwarze Angorakatze, nicht mehr und nicht weniger. Sie war erstaunlich groß und ein einziger Blick auf ihre Zähne und ihre Krallen überzeugte Mike davon, dass er sich vielleicht besser nicht mir ihr anlegte, aber es blieb trotzdem eine Katze. Punktum.

Eine Katze, die sich noch dazu äußerst einsam zu fühlen schien, denn als Mike sich beharrlich weigerte, sie zu streicheln, sprang sie mit einem Satz auf seine Knie, stellte sich auf die Hinterbeine und versetzte ihm mit dem Kopf einen Stoß unter das Kinn, der Mike beinahe aus dem Gleichgewicht gebracht hätte.

Mike fand leise lachend seine Balance wieder und strich dem Tier mit der linken Hand über den Kopf. Die Katze schnurrte lauter. Mike nahm sie behutsam auf beide Arme, stand auf und drehte sich wieder zu dem Sarg herum.

Mike musterte nun die Konstruktion genauer. Der Sarg bestand gänzlich aus Glas, aber an seiner Oberseite ragte eine schmale Metallzunge heraus, in der sich eine Anzahl winziger, mattgrüner Lichter und zwei Schalter mit fremdartiger Beschriftung befanden. Es gab einige drehbare Verschlüsse, mit denen der Deckel befestigt war. Er zögerte einen Moment, dann griff er danach. Die Handschuhe behinderten ihn, sodass er die Katze behutsam auf der Oberseite des Glassarges absetzte und die Handschuhe dann einfach auszog, ehe er sich wieder an dem Verschluss zu schaffen machte. Die Katze miaute laut und warnend, doch er beachtete es nicht. Mit einem Klicken schnappte der erste Verschluss zurück.

Nur einen Sekundenbruchteil später schrie Mike vor Schmerz auf, riss den Arm zurück und schlenkerte ihn wild hin und her – um die Katze abzuschütteln, die plötzlich gar nicht mehr einsam und verschmust war, sondern sich mit rasender Wut in seine Hand verbissen hatte. Die Katze flog davon, suchte vergeblich mit den Krallen auf der spiegelglatten Oberfläche des Sarges nach Halt und landete unsanft auf dem Boden.

Mike presste die Hand einen Moment unter die Achsel und hob sie dann stöhnend vor das Gesicht. Der Biss sah nicht sehr dramatisch aus, aber er tat höllisch weh. Die Zähne hatten sich tief in seine Haut gebohrt. Einige Blutstropfen quollen aus den kleinen Wunden. Zornig sah er die Katze an, die mittlerweile wieder auf den Glassarg gesprungen war und ihn mit gebleckten Zähnen anfauchte. Ihr buschiger Schwanz peitschte wild hin und her und die Krallen waren drohend ausgefahren. Ihre Ohren lagen flach am Kopf. Hastige Schritte näherten sich. »Was ist los?«, keuchte Singhs Stimme hinter ihm. »Ist Euch etwas geschehen? Seid Ihr in Gefahr, Herr?« Mike drehte sich herum, Singh und Trautman kamen hintereinander durch die Tür, aufgescheucht durch seinen Schrei. Singh war mit einem Satz neben ihm, hob die Hände und sah sich kampflustig nach dem unbekannten Feind um, der seinen Herrn bedrohte, während Trautman wie vom Donner gerührt stehen blieb und den Glassarg und die schwarze Katze anstarrte.

OPERATION
NAUTILUS

UEBERREUTER